CARTAS DO EVEREST

Obras do autor publicadas pela Record

Cartas do Everest

Coleção Viagens Radicais

Aventura no topo da África
Cruzando a última fronteira
Egito dos Faraós
Em busca do mundo maia
Expresso para a Índia
Na estrada do Everest
Na trilha da Humanidade
Pelos caminhos do Tibete
Travessia da Amazônia

AIRTON ORTIZ

CARTAS DO EVEREST

EDITORA RECORD
RIO DE JANEIRO • SÃO PAULO

2008

CIP-Brasil. Catalogação-na-fonte
Sindicato Nacional dos Editores de Livros, RJ.

Ortiz, Airton, 1954-
O89c Cartas do Everest / Airton Ortiz. – Rio de Janeiro: Record, 2008

ISBN 978-85-01-08379-1

1. Ficção brasileira. I. Título. II. Série

08-3258 CDD – 869.93
CDU – 821.134.3(81)-3

Editoração eletrônica: ô de casa

Direitos exclusivos de publicação em língua portuguesa somente para o Brasil adquiridos pela
EDITORA RECORD LTDA.
Rua Argentina 171 – Rio de Janeiro, RJ – 20921-380 – Tel.: 2585-2000

Impresso no Brasil

ISBN 978-85-01-08379-1

PEDIDOS PELO REEMBOLSO POSTAL
Caixa Postal 23.052
Rio de Janeiro, RJ – 20922-970

A

Vitor Negrete

Inspirado em fatos reais

PRÓLOGO

O Minuano ameaça a cabana. Helena se afasta, teme ser atingida por algum estilhaço caso a janela da sala se rompa. Acostumado a seu galope triunfante coxilha afora, o vento rodopia, barrado pelas toras de madeira que desafiam seu poderio arrasador.

No alto da Serra Gaúcha, o abrigo resiste bravamente à tempestade. Lá fora, a fina camada de neve cobrindo os campos salpicados de altos pinheiros tende a desaparecer, varrida pelo vendaval. Começam a sobressair as pinhas enegrecidas, o branco do gelo substituído pela aspereza das coníferas. O temporal destrói todas as perspectivas, as medidas perdem o sentido.

Helena se ajoelha diante da lareira e atiça o fogo, remexendo a lenha que reaviva as brasas. Os nós de pinho, crepitando em fagulhas, se consomem em labaredas. Viram cinzas e se espalham pelo ar úmido do tenebroso inverno sulino. A bela mulher ajeita a echarpe de lã de iaque sobre os ombros e vai sentar na poltrona coberta com um fino tapete de couro de cabra do Himalaia. Está aquecida, mas pode imaginar como seria estar no lado de fora da casa, exposta ao vento gelado. Ou no cume de uma montanha, morrendo de frio.

A penumbra do entardecer, quebrada apenas pelas chamas do fogo à sua frente, deixa o ambiente ainda mais lúgubre. As sombras provocadas pela dança das labaredas tremulam pelo interior da sala, umas gordas e curtas, outras longas e delgadas, fantasmas disformes com os quais ela convive há meses.

Volta a colocar os óculos e mais uma vez abre a caixa de madeira, um porta-jóias esculpido com cenas religiosas, o interior forrado com delicadas imagens de Buda. Trêmula, retira algumas cartas e um pequeno diário retorcido pelas intempéries. As mãos acariciam a capa negra, seus olhos percorrem folhas amarelecidas, abertas ao acaso, gesto mil vezes repetido nos últimos tempos. Um dos trechos que mais a atormenta está com as folhas engorduradas.

Esta clareira, embora livre de ser esmagada pela queda de alguma torre de gelo, me expõe ao temporal além da prudência que sempre tive. A tormenta não cede, o mundo sopra ao meu redor. Os pés-de-vento irrompem, destronam as banquisas, lançando-as para lá e para cá sem o menor jeito; folhas outonais varridas por um jardineiro enraivecido. De nada vale a barraca se for arrancada como parte da montanha e jogada nos precipícios.

A ventania, sorrateira como chegou, se vai; o vazio absoluto retorna. Em seguida o vento estoura de novo. Sinto a geleira se desagregar, o mundo se esboroa aos poucos. Nada mais me espera a não ser o ar vaporoso me engolfando. As tragédias foram repentinas, não tivemos como evitar. Basta fechar os olhos, e tudo vem à lembrança, como se estivesse acontecendo novamente. Vão morrer comigo, mas bem vivas.

A cordilheira balança, incapaz de aceitar alguém em seu lombo escorregadio. Ansiosa para se livrar dos intrusos, ela busca, nas massas líquidas de rochas incandescentes, gorduras para aumentar o dorso, acumular tamanho e forças. Insatisfeita, asfixia os que a ousam desafiar, sugando o ar dos pulmões. Nutre-se de vidas humanas.

O frio está insuportável, já não sinto os pés. O temporal não mostra sinais de amainar. O barulho do náilon enfrentando o vento é ensurdecedor, estrondos de avalanchas me rondam os ouvidos. Quando o ronco abafado da neve, escorrendo montanha abaixo, se esvai no horizonte, voltamos ao silêncio, eu e minha angústia.

A escuridão é quase total, apenas a auréola amarelecida da lanterna ilumina as folhas deste diário, quase não consigo mais escrever. O interior da barraca está sombrio, a penumbra envolve meu pequeno abrigo. Minhas roupas, há pouco manchas coloridas no branco imaculado das escarpas, desbotaram. Mal diviso as nuanças.

Minhas células estão morrendo. O sangue, perigosamente viscoso, tem dificuldade em chegar às extremidades do corpo, justamente os tecidos mais atingidos pelo frio. Os capilares sangüíneos nas retinas sofrem hemorragias espontâneas. Mesmo parado, o coração bate num ritmo furioso. O ar ressecado e frio me desidrata com uma rapidez impressionante, aumenta o cansaço e diminui a capacidade de manter-me aquecido.

A exaustão me leva a estranhos pensamentos. Sinto-me tecendo a vida com as últimas horas que me restam, fios de tempo desbotados pelo uso contínuo. Cenas marcantes do passado me vêm à mente em pequenos flashes, fotos amarelecidas, amarrotadas e carcomidas nas bordas; vejo o nascimento dos nossos filhos. Devo estar partindo, a tempestade acabou, um silêncio mortal ronda a barraca, me recolho cada vez mais à minha solidão.

Minha força de vontade se esgota, a viagem chega ao derradeiro fim. Talvez devesse chorar, mas isso agora me parece um absurdo, completamente distante da minha realidade. As lágrimas não mais fazem parte da minha vida, minha energia é apenas mental. Não estou desesperado, embora devesse. Talvez nem consiga perceber. Angustiado, um pouco. Minha lucidez não tem mais suporte físico. Poupo-me da velhice. Esta mesma montanha que me aprisiona o corpo me liberta o espírito; volto para casa.

Bob e eu ainda vamos sentar, ao redor de uma fogueira, para relembrar as nossas aventuras nesta terra moldada pelo frio — e rir disso tudo. Oxalá Gerd esteja conosco. Você também, Helena, especialmente você. Sinto-me culpado por fazê-la sofrer com minha partida. Não queria abandoná-la. A morte poderá nos reunir novamente; isso me conforta.

Preciso do seu perdão, seu amor será as asas da minha alma. A partir de agora, e por um bom tempo, passarei a trilhar caminhos nebulosos, cavernas escuras, bosques fantasmagóricos e pântanos movediços. Somente suas orações poderão torná-los menos sombrios. Em breve contarei apenas com a luz das suas preces, com o conforto de ter merecido o seu amor.

Fecha. Cada linha a joga numa outra dimensão, um mundo sombrio e gélido que se nega a abandoná-la. Mais um inverno enclausurada, acompanhada apenas pelos fantasmas despertos por sua angústia. Acuada pelo passado, abraçada à relíquia, gasta os dias olhando a geada nos campos e as noites escutando o vento por entre os pinheirais.

Circundada pelos clarões das chamas, lerá as cartas novamente, inclusive o e-mail enviado, no intervalo da escalada, para um site de esportes radicais. O marido possuía um diário de campo, no qual anotava tudo que acontecia durante a expedição. Tinha esse hábito havia anos, como todo alpinista, embora ao voltar, também como os demais, deixasse a caderneta mofando em algum canto da casa.

Há uma ruptura entre os dias densos na montanha e as tardes vazias no escritório, são dois mundos excludentes. Por isso, quando o tempo o confinava nas barracas ao longo dos acampamentos, transcrevia passagens do diário em cartas a serem enviadas aos amigos, compartilhando prazeres e angústias. Ampliava, dessa forma, as semanas vividas na natureza.

Algumas cartas postadas no Nepal, no decorrer da expedição, agora estão com Helena. Outras foram encontradas na mochila cargueira, no Acampamento-base; não chegaram a ser enviadas. As últimas, rabiscadas no diário de campo, nos altos da montanha, foram copiadas por ela e enviadas aos destinatários.

Deixara de lado apenas a carta que descreve o ataque final ao cume do Everest. Quanto ciúme! Também a fizera chegar às mãos de Telminha, não trairia o último pedido do marido, mas nunca a relera. Primeiros amores são estorvos eternos.

Desta vez começará as leituras por uma das passagens descritas no diário. Aperta o coração, mas é onde sente, mais próximo, o homem que aprendeu a amar.

Fragmento do diário de Cláudio Adônis Montenegro

GELEIRA KHUMBU, ACAMPAMENTO-BASE DO EVEREST
5.400 metros de altitude

Quando nos reunimos no Acampamento-base para reiniciar a escalada, estávamos revigorados. Precisávamos uma vez mais cruzar a Cascata de Gelo, razão de todos os meus pesadelos. Resquício das últimas glaciações, acrescida pelas nevascas constantes, a geleira petrificada sucumbe ao peso da gravidade.

Ao se precipitar vale abaixo, espremida entre as encostas do Everest e do Nuptse, a língua de gelo, por ser estática, vai se fraturando em gigantescos blocos, forma torres inclinadas e precipícios camuflados. A neve encobre as fendas, dissimuladas em suaves valetas. Basta pisar num desses pisos falsos para ser engolido pela montanha.

Morrer esmagado nesse labirinto é apenas uma questão estatística. Apostávamos na sorte, jogávamos com as probabilidades a nosso favor. A maioria das mortes no Everest aconteceu entre esses prismas talhados pelo Jardineiro e lapidados pelo vento ao longo dos tempos. Eram belíssimos — e aterradores. Comentei o assunto com Gerd, e ele disse que não era bom em matemática.

Como Gerd não queria me levar a sério, fui conversar com Bob, aliviar um pouco a angústia. Precisava falar, ou pelo menos ouvir minha voz. “Em lugares acidentados como estes”, disse Bob, “onde a vida se encontra tão próxima da morte, um pequeno erro, mesmo involuntário ou induzido pelo terreno, pode nos mandar para o outro lado da nossa curta existência.”

Também não ajudou muito.

Eu temia, em especial, as escadas de alumínio colocadas na horizontal para cruzarmos as gretas. Apoiadas nos dois lados do precipício, fixadas em bordas de gelo que poderiam se desprender a qualquer momento, atravessar usando insensíveis botas rígidas com grampos de aço no solado contrariava o mínimo de bom senso. Não tínhamos alternativa. Impossível contornar as fendas que se espalhavam como ranhuras por toda a superfície do carpete movediço.

Quando mais largas, precisávamos juntar duas escadas para vencê-las. Precariamente emendadas com cordeletes numa das pontas, trabalho feito ali mesmo, por homens usando grossas luvas, e impossíveis de serem testadas, olhar já dava arrepios, da balaclava ao grampão. Ao cruzarmos, cambaleando, o coração aos saltos, dificilmente conseguíamos ver o fundo dos abismos mesmo com o sol brilhando.

A expedição nepalesa que chegara mais cedo no Everest para abrir a trilha por entre os blocos de gelo vivo teve dois sherpas mortos numa avalancha. Foram pegos no meio do trabalho, e a retirada se transformou em fuga desesperada, sem possibilidade de socorro aos feridos. Outros morreram, e ninguém chegou ao cume; nem sequer o Colo Sul foi atingido.

Para usar o caminho repleto de escadas, algumas na vertical para facilitar a subida pelas paredes congeladas, e uma linha com milhares de metros de cordas fixadas no gelo, pagamos um pedágio caríssimo. Bob costuma brincar comigo: para ele as escadas são a parte mais segura da Cascata de Gelo. O perigo está nas fissuras disfarçadas pela fina camada de neve ou nos movimentos repentinos do glaciar. Sei disso, mas não sinto medo de algo que não vejo, ou provavelmente não acontecerá.

Se a neve ceder e eu cair no fundo de algum precipício, ou se uma torre de gelo desmoronar sobre minha cabeça, duvido que tenha tempo para sentir medo. Já as travessias sobre as escadas são bem reais e visíveis, com uma nitidez capaz de assustar o mais experiente homem das neves; nem o Yeti passaria incólume por este pesadelo.

Ao chegarmos diante de uma fenda, ou quando utilizávamos as escadas para subir um barranco de gelo, nos reuníamos novamente. Fora isso, Bob seguia na frente, distanciando-se quanto mais longo fosse o trecho percorrido. Sua habilidade em se equilibrar sobre as estreitas trilhas, pisando na borda de incontáveis cânions, impressionava: parecia ter nascido no Himalaia.

Gerd, embora pudesse manter o mesmo ritmo, ficava por último, derradeira segurança, algo muito importante para mim. Meu problema não é a preparação física nem a aclimatação, nesses quesitos me destaco com naturalidade. Aflige-me a falta de confiança em enfrentar a morte com a mesma naturalidade deles.

Para Bob, um rito de passagem; para Gerd, apenas o fim da trilha. Minha filosofia de vida aceita a morte, mas ainda não estou preparado para encontrá-la; pelo menos não tão cedo. E justamente agora ela estava ali, ao meu lado, espreitando-me pelas gretas da geleira. Não deveria pensar nisso, mas não conseguia pensar em outra coisa; o maldito Jardineiro estava a postos, nos tocaiando em cada canto.

O clima muda com uma velocidade espantosa, muitas vezes transforma uma segura caminhada num verdadeiro martírio. Saíra com pouca roupa, o sol brilhava. Logo me senti bafejado por uma aragem mais forte do que seria normal para as circunstâncias. Havia conferido a previsão do tempo antes de sair, e nada indicava alterações climáticas nas próximas horas. Mas estava no Himalaia, onde tudo é possível.

A viração se transformou em vento, e logo uma tormenta desabou sobre a cordilheira. A paisagem desmoronava aos pedaços, sem resistência. O vendaval varria as cornijas pontiagudas, arrancava blocos de gelo havia milênios encravados nas fendas das rochas, formatava cumes poderosos. Podia ouvir, um pouco acima, os estrondos de instáveis bancos de neve. Agarrados aos flancos da montanha, eles começavam a desabar.

Torres de gelo caíam perto de mim. Apesar da solidez do maciço, sentia os pés vibrarem. Se a geleira explodisse, qual um vulcão, não me surpreenderia, tal o barulho que vinha das partes subterrâneas. Cavernas surgiam tão rápidas quanto desapareciam, para ressurgir noutro lugar. Cubos de gelo com dezenas de metros de altura se esfarelavam, pináculos vítreos brotavam do solo. O Gênese estava sendo reescrito.

Espessa nuvem de poeira branca me envolveu, perdi a visão. Caso parasse, congelaria. Voltar não estava em cogitação, trombaria com alguém subindo fixado na mesma corda. Devia continuar em frente, mesmo sem ver onde pisava, e esperar a passagem da tempestade — são tão repentinas quanto fugazes.

Percorria uma trilha onde tempo e espaço estão associados ao passo humano. As distâncias não são calculadas em quilômetros, mas pelo cansaço das nossas pernas, pela sola dolorida dos pés, pelo sangue escasso circulando nos capilares, pelo nariz enrijecido de frio. O tempo substitui todas as outras linguagens, é necessário ter paciência para ler o que ele nos diz.

Seguia agachado, quase rastejando, quando meu pé afundou. Ao puxá-lo, a outra perna foi sugada por um buraco aberto sob meu peso. Por momentos fiquei suspenso da cintura para baixo, pernas balançando no ar, seguro pela mochila emperrada na borda da pequena cratera onde me enfiara.

Tentei avaliar a enrascada, mas não deu tempo. Embora tivesse conseguido manter o autocontrole, permanecendo imóvel, a fina placa de gelo sob a mochila foi rachando, um risco correu no glaciar, e logo despenquei no vazio. A queda foi tão vertiginosa que, por mais que eu tente, não consigo lembrar o que me passou pela cabeça nesses instantes.

Esperneando e agitando os braços, senti um baque nos quadris e nas coxas. A corda presa em minha cadeirinha e na corda fixada sobre a geleira esticou, travando minha queda. Fiquei pendurado em meio a uma fenda cuja profundidade não conseguia avaliar. A parte de cima do buraco era pequena, mal entrara meu corpo. Logo abaixo se transformava numa ampla galeria.

A montanha era oca, armadilha mortal camuflada por uma lâmina de gelo. A neve tragada pelo abismo precipitava-se sem fazer ruído. Os sons provocados ao atingir o fundo da greta estavam longe demais para serem percebidos por meus sentidos. O chão ficava a centenas de metros abaixo dos meus pés. Preso pela cintura, meu corpo formou um arco. O peso da mochila forçava as costas, fiquei de cabeça para baixo.

Bagas de neve desabavam, faziam meu corpo rodopiar; a caverna girava. Quando parei de rodar, vi as paredes distantes, não poderiam ser alcançadas pela picareta de gelo, impossível subir escalando. A luz filtrada pelo teto formava uma abóbada azulada, as laterais estavam borradas pela sombra.

Após respirar um par de vezes, levantei o tronco, ficando na posição de sentado. Examinei a situação. Caso a nevasca cobrisse a boca da greta, impedindo que alguém percebesse minha queda, não seria socorrido. Se não saísse da gruta morreria em poucas horas, meu organismo não suportaria o congelamento dos órgãos vitais. Precisava subir pela corda, não havia outra saída.

Uma brisa avançou pela fissura e me tocou o rosto, descoberto para melhor ver os arredores. A gélida carícia, emergindo das profundezas do Himalaia, me arrepiou. Embora o silêncio conferisse um toque sagrado ao local, não era esse o meu túmulo imaginado. Precisava agir, espantar o medo.

Desprendi os ascensores do arnês. Chequei os cordeletes, bem fixados na cadeirinha. Prendi o primeiro deles na corda esticada sobre a cabeça e comecei a penosa subida em direção à borda da greta. Com a mão direita puxei o corpo, avançando alguns centímetros. Com a mão esquerda fixei o outro ascensor e o corri corda acima até meu braço estender-se ao máximo, puxando-me mais um pouco. Repeti a operação e fui subindo lentamente, pendurado nas duas catracas.

Os movimentos desajeitados, sem outro ponto de apoio além da corda, poderiam desprendê-la do ponto fixo no lado de fora, ou mesmo cortá-la pela fricção com a borda de gelo do buraco. Quanto a isso, nada podia fazer. Agir, depois pensar. O maior perigo era ficar parado; morreria.

Apesar da rudeza dos elementos, precisava abordá-los com ternura; nesses ambientes ações bruscas despertam reações piores. Embora a montanha tentasse me expelir a cada movimento, deveria tratá-la com carinho. Carinho de amante rejeitado. Afagos sob medida: suaves, mas convictos.

Estava conseguindo a muito custo. Subitamente o mosquetão, que deveria estar enroscado em algo na superfície da geleira, se desprendeu com os movimentos e correu pela corda. Desci mais alguns metros, até as amarras ficarem completamente esticadas, tensas como eu. Algumas coisas que eu trazia nos bolsos, e que na hora não consegui identificar, caíram no poço sob meus pés.

Por mais pura que fosse minha ambição, e no momento era a coisa mais alva que já possuíra na vida, podia sentir que minha presença destoava do resto do ambiente. Intrometera-me no Jardim alheio, rompendo a grande cerca de espinhos, e o Jardineiro, cioso dos seus canteiros, lutava para me expulsar de sua mais nobre Criação. A harmonia fora quebrada, o paraíso, profanado em suas entranhas; sentia-me um intruso sendo combatido.

Vinha em paz, só queria apreciar a beleza rústica do lugar, pegar emprestado um pouco da sua glória, iluminar com suas auroras meus solitários crepúsculos. Nao trazia fuzis nem escoltas para me proteger. Então, por que o Jardineiro, mesmo do alto do seu poder, capaz de criar, e, por simples capricho, destruir só para recriar, receava tanto a minha presença? Pagava pelos outros — eu mesmo, em duas temporadas anteriores —, que tantas vezes passaram por ali, sujando, pilhando e devastando as paisagens.

Há quanto tempo estamos enxovalhando nossos paraísos? Nem sequer notamos a luta dos guardiões em suas defesas. Comandando tempestades, provocando avalanchas, derrubando seracos, criando tormentas, abrindo súbitas fissuras, disfarçados aqui e ali, os guardiões, sob o comando do Jardineiro, tentavam proteger a Criação original.

Pensava em reiniciar a operação de auto-resgate quando ouvi Gerd. Mandou-me ficar imóvel. Ele se desprendeu da corda estendida pelos nepaleses, temia que se ele caísse na greta também, na hora de me içar, ela não suportasse nossos pesos. Foi até um ponto em que a geleira pareceu sólida, cravou o cabo da piqueta e a empurrou com a sola da bota até ficar bem firme no gelo, uma ancoragem perfeita. Amarrou a corda na piqueta, atou a outra ponta na sua cadeirinha e voltou para a borda do buraco, ajoelhando junto à corda estendida em minha direção.

Com todo cuidado, seus fortes músculos foram me puxando. Bob, preocupado com a nossa demora, voltou. Aproximou-se a tempo de ver minha cabeça emergir da montanha, as roupas verde-musgo ainda mais escuras, empapadas de suor, apesar do frio. O Jardineiro, tão poderoso, mais uma vez fora derrotado.

A tempestade havia desistido. Em poucos minutos estávamos sentados na neve, em meio aos pináculos de gelo. Tomávamos chá quente e esperávamos que eu me acalmasse. "Você ainda não queria pagar aos nepaleses para usarmos as cordas fixas", disse Gerd, com uma gargalhada. A repreensão serviu para relaxar o ambiente. Estávamos vivos.

A naturalidade do alemão diante dos pequenos reveses me deixa constrangido. Ao contrário dele, sempre me senti um estrangeiro nestas paragens. Se o terreno me soa inconstante sob os pés, para ele se estende como um tapete de linho branco, ondulado, incapaz de fazê-lo tropeçar. Bob tem a mesma confiança, só não tripudia sobre a montanha. Vence com humildade.

Evitamos a tragédia, não o acidente. Ele ficou zumbindo em minha volta, perturbador, uma espécie de aviso a embotar a concentração. Os desafios serão cada vez maiores, precisarei redobrar os cuidados. Poucas pessoas no Everest têm uma segunda chance.

Bob percebeu minhas aflições, como sempre. "Encare esse episódio como um treinamento, uma preparação para os momentos mais perigosos da escalada. Tenha em mente que você soube safar-se." Ele tinha razão. Ter superado essa dificuldade me deixou confiante. O incidente também serviu para aumentar nossa união. Somos um time unido pelo código não-escrito do montanhismo: solidariedade acima de tudo. Celebramos com mais chá, relembrando situações semelhantes passadas em expedições anteriores.

Não dava para desanimar — ainda não! —, por isso continuamos, mais vigilantes do que nunca. Nosso programa de adaptação à baixa pressão atmosférica nos fará cruzar a Cascata de Gelo sete vezes, contando as subidas e descidas, até o fim da expedição; verdadeira insensatez.

Não há outra forma de subir, pelo menos para quem está escalando pelo Nepal. No lado tibetano, os perigos se concentram na parte superior da montanha. Enfim, sensatez não é o que se procura no Big E. Pelo contrário, se quer subvertê-la. Algumas vezes isso é possível; na maioria, não. Mas isso só o tempo dirá.

NEPAL, KATMANDU
1.300 metros de altitude

DONA ALZIRA:

Tive um pesadelo. Sei que era apenas sonho, mas acordei com um mau pressentimento. Deveria estar acostumado, sempre acontece no início de uma jornada com tantos riscos. Calma, não quero deixá-la nervosa, mas caso a senhora precise tomar alguma providência mais séria, faça da forma combinada. Sempre disse, um dia poríamos aquelas decisões — as tais besteiras que nunca iriam acontecer — em prática. Bato com os nós dos dedos na mesa. Não será desta vez, mas precisamos encarar a realidade: um dia vai acontecer.

Não ligue para os outros, meus colegas nada sabem. Mostre, se for o caso, apenas os documentos, estão assinados, ordens a serem cumpridas. Pronto. Ainda é minha secretária, então faça do meu jeito, a senhora sabe como. Meio desajeitado, mas creia-me: honesto.

Fique tranqüila, não escrevi por isso. Como das vezes anteriores, apenas mando uma carta contando um pouco da viagem, sei como adora minhas histórias curiosas. Devo-lhe muito, é um prazer diverti-la um pouco. Além do mais, gosto de escrever aos amigos, um hábito antigo que consegui manter, apesar dessas correrias malucas.

Quando chegamos em Katmandu, Gerd e a mulher nos esperavam no hotel. Pela vez primeira ele estava acompanhado da esposa, Hertha, uma simpática enfermeira. Moram em Offenbach, ela trabalha num hospital em Frankfurt. Conheceram-se em Chamonix, nos Alpes franceses.

Ela estava numa excursão de férias, ele era guia no Mont Blanc, onde só trabalham alpinistas de alta performance. Meu amigo durão, no fundo um sentimental desarticulado, se enredou no charme da alemãzinha. Assim como a senhora, não têm filhos.

Pelo que sei, aumentar a família não faz parte dos planos deles. Ou dele, pelo menos. Criar um filho na Alemanha é muito caro, ele me disse. Como ela gosta de montanhismo, nos acompanhará até Nanche Bazar, onde vai permanecer alguns dias antes de voltar à Alemanha.

Estamos há uma semana montando a expedição. Finalizamos a burocracia e compramos mantimentos; agora selecionamos os auxiliares. A maioria do pessoal da equipe de apoio, como os carregadores de altitude e os cozinheiros, será contratada em Nanche Bazar, todos velhos amigos de Bob, profissionais de inteira confiança. Também aqui, e talvez mais do que em qualquer outro lugar, a confiança é fundamental.

Em meu quarto no rústico hotel, bem diferente das luxuosas suítes que a senhora insiste em me reservar, há uma TV, mas não cheguei a ligar, não quero saber o que acontece no mundo. Os quilômetros de congestionamento nada têm a ver com as ruas onde me encontro. Enquanto Gerd e Bob se dedicavam aos preparativos finais, mostrei a cidade a Hertha.

Sempre adorei o Nepal, um lugar onde os andarilhos se encontram. Na primeira vez não tive uma boa impressão: pobreza, muita gente nas ruas e um trânsito caótico. Vacas e motoristas impacientes fundiam-se numa nuvem amarelada de poeira ao som das buzinas. Este ano a cidade está mais limpa.

Começamos pelo Thamel, bairro formado por ruelas disformes abarrotadas de gente esquisita. São tantos os pequenos restaurantes, e de tantos tipos, e tão baratos, que Hertha sugeriu trocarmos a escalada por uma jornada gastronômica. A comida é boa, bem temperada, mas a senhora não iria gostar do ambiente, embora alguns sujeitos usem um coque parecido com o seu.

Tão logo escurece, os pubs abrem para o happy hour, onde bandos de estrangeiros, falando as mais diversas línguas, bebem cerveja, comem e dançam rock, jazz, reggae e música folclórica do Nepal. Os tipos físicos são tão estranhos, os ambientes, tão surrealistas, que fez Hertha se lembrar do bar no filme *Guerra nas estrelas*, onde o cavaleiro Jedi Obi Wan Kenobi e o jovem Luke Skywalker conhecem o capitão Han Solo e todos os tipos de vilões, como os asseclas do nojento Jabba.

Hertha até me chamou a atenção para o fato de não haver nepaleses no pub, exceto os serviçais da casa, assim como não era permitida a entrada de andróides naquele bar galáctico, obrigando os simpáticos C-3PO e R2-D2 a esperar do lado de fora.

Nas escadarias da parte velha da cidade há muitos comerciantes vendendo artigos religiosos, incensos, frutas, legumes, verduras e temperos produzidos nas pequenas chácaras das redondezas. O nepalês é um povo bem tolerante. Pude ver, num mesmo templo, em meio às guirlandas, capelas hindus e budistas — lições de jardinagem para o mundo aprender.

Nossos jardins estão cada vez menos floridos, já não se vê aquela profusão de cores — espécies frondosas dividindo nutrientes com frágeis hospedeiras. Cada jardineiro, em vez de cultivar a diversidade dos perfumes encontrados na natureza, prefere desenvolver a flor única, da qual só ele é capaz de sentir o cheiro.

Havia um lugar aonde Bob fez questão de nos acompanhar: a estupa Swayambunath. Muitos anos antes da presente época, o vale Katmandu era um grande lago rodeado por montanhas cobertas de densas florestas, em cujas profundezas morava Naga, uma enorme serpente.

O primeiro de todos os budas em peregrinação subiu na mais alta montanha e jogou uma semente de lótus no lago, dando origem a uma grande flor. Milhares de pétalas douradas esparramaram-se sobre as águas. No centro da flor apareceu a luz deslumbrante de Swayambhu, o autogerado. A história correu o mundo, e Buda voltou para ver a maravilha.

Encantado, decidiu que mais pessoas mereciam visitar o local. Para abri-lo aos peregrinos, circundou o lago até encontrar a borda mais baixa. Com uma simples estocada de sua Espada da Sabedoria, abriu uma fenda na montanha, drenando a água com a serpente. Formou um grande vale, o Katmandu. Swayambhu iluminou o vale durante séculos, até um monge cobrir a luminosidade com uma pedra sobre a qual construiu a estupa.

Gerd permaneceu no hotel, religião e história antiga não o emocionam. A finitude da vida nunca o angustiou, não começaria agora a se preocupar com isso. Hertha ficou chateada com a indiferença do marido, mas ele nem ligou, tinha outras preocupações. Para ele, a história do Nepal não passava de um catálogo de horrores, a narrativa de uma maldita guerra depois de outra.

O único mandamento ao qual Gerd se submete é seu livre-arbítrio. Seu mundanismo é notável e sem remorsos, desfruta somente do que se julga merecedor. Se num primeiro instante seu egoísmo me deixa pasmado, mais tarde acabo dando-lhe razão. Em momento algum vi Gerd se vangloriar de suas corretas decisões.

Para ele, um homem sem pecado, para quem o inferno são os outros, a amizade é o mais profundo valor humano, e nós sabemos a importância disso. Para quem está prestes a enfrentar a perigosa jornada à qual nos propomos, alguém como ele nos enche de confiança. Ele é, digamos, o capitão do time.

Estamos acostumados com nosso amigo. Por trás de seu jeito turrão há uma índole afável, capaz de traí-lo quando nossas conversas se descontraem. Provavelmente a esposa não o conhece tão bem quanto nós. Ela nunca compartilhou com ele situações tão extremas como as que já havíamos vivido.

Bob está estudando tibetano arcaico e gosta de pesquisar manuscritos guardados nos mosteiros em Lhasa. Sempre que tem uma folga em meio à temporada, viaja para o Tibete, vai discutir textos sagrados com os lamas do Jokhang. Sua mente cartesiana é um deleite para os velhos monges, ávidos por reinterpretações originais das suas escrituras.

Gerd comprou uma edição em tibetano do *Dom Quixote*, traduzida no início do século XVII. Um militar o havia surrupiado da biblioteca do palácio de verão do Dalai Lama, quando o Exército Chinês invadiu o Tibete. Em uma das viagens a Lhasa, em busca de autorização para levar seus clientes para o Shisha Pangma, ele gastou o dinheiro ganho para liderar a expedição com esse livro.

No aniversário de Bob, comemorado num cabaré em Katmandu, Gerd lhe deu a obra de presente. Foi uma surpresa notável, o americano quase enfartou. Após estudar minuciosamente, ele devolveu ao Norbulingka esse tesouro que os monges não esperavam reaver. Eu teria ficado furioso, para dizer o mínimo, mas Gerd, o avarento dos pequenos gastos, não se importou. Incapaz de conviver com qualquer tipo de injustiça, desejava que o livro voltasse ao lugar de origem. Feito por meio das mãos de Bob, teve um significado especial, bem mais nobre, além de ser uma pequena vingança contra os arrogantes chineses.

Embora o Tibete continue militarmente ocupado pela China e os invasores não forneçam vistos individuais para estrangeiros entrarem no país a partir do Nepal, Bob sempre dá um jeito de subornar a burocracia. Visto obtido, voltamos ao hotel para rever as fotos das escaladas, fumar um baseado e dar risada dos babacas chineses por quem ele nutre um ódio visceral.

O hábito de guardar as guimbas nos bolsos já nos deixou aflitos em diversas ocasiões. Bob mandava as roupas para a lavanderia sem revistar e depois ficava apavorado com a possibilidade de algum funcionário mais zeloso criar problemas. A maconha é vendida abertamente nas ruas de Katmandu, mas um estrangeiro apanhado em flagrante corre riscos desnecessários. Provavelmente precisará subornar alguém para se livrar do constrangimento da prisão.

Não receber mais vistos para o Nepal o aterroriza, e eu o ameaço com essa possibilidade para ver se ele se torna mais cuidadoso, mas de pouco adianta. Em uma das idas ao Tibete deu-se conta das baganas quando já estava no avião, aquela ridícula situação de precisar jogá-las no vaso e dar a descarga. Como a senhora pode ver, tudo normal.

Ontem à noite jantamos num típico restaurante nepalês, nossa despedida da capital. Após uma entrada de bananas e pipocas, comemos *poleko banel*, prato feito de fatias de carne de iaque assada e depois frita num picante molho de pimentão, tomate e cebola, acompanhado de batatas fritas e salada de pepino, tomate, cenoura e rodelas de nabo.

Bebemos alguns goles de *raquixi*. O destilado, feito a partir do arroz, tem um alto teor alcoólico. O garçom colocou na mesa uma *salincha*, pequena tigela de argila, e despejou a cachaça, proveniente de uma jarra de prata a mais de um metro de altura, sem derramar uma única gota. A aguardente soltou nossas línguas.

Havia no restaurante um tocador de *sarangi*. A pedido de Hertha, cantei *Garota de Ipanema* acompanhado pelo rude violino. O tradicional instrumento nepalês produz um som estridente, mas muito melódico. O "show" foi ridículo, mas creio que por isso mesmo fomos bem aplaudidos. O local estava cheio de gringos, alguns acompanharam a canção.

Acordei com cara de ressaca, mas bem feliz. A partir de agora, o álcool está proibido em nossas vidas. Além de diminuir a velocidade do raciocínio, ele dilata os vasos sanguíneos, nos faz perder calor. Trago, só quando voltarmos para Katmandu. Mas a senhora pode tomar um vinho por mim no jantar. Por favor, abra aquela garrafa que lhe dei no aniversário, vai estragar. Na volta, passo na Espanha e compro outra. Está bem: duas! Prometo. Tin-tin.

Sairemos amanhã para as montanhas. Avise o pessoal que estamos bem. Peça à Helena para tranqüilizar as crianças. Assim que der, enviarei mais notícias.

Um abraço,

Montenegro

PS.: Ah, não se preocupe, aquilo foi apenas um sonho.

REGIÃO DO KHUMBU, LUKLA

2.834 metros de altitude

FILHINHA:

Você ainda não sabe ler, papai sabe disso. Mas um dia, daqui a pouco tempo, vai aprender. Vai gostar muito de ler histórias bonitas e interessantes, lendas e fábulas.

Suas viagens começarão pelos livros, esses pequenos objetos que nos fazem voar por todos os lugares do mundo, movidos pelo combustível da nossa imaginação, a mais poderosa arma em favor da liberdade humana. Quando você aprender a ler, precisa conhecer a pequena história que papai vai contar agora.

Era uma vez um iaque e um búfalo. Eram irmãos e viviam na planície, à sombra das grandes montanhas, num belo jardim. Um pouco antes da temporada das chuvas, os campos estavam secos e com pouca grama. Foi então que o iaque avistou algo verde mais acima, no pé da cordilheira. Seria uma suculenta campina? Ele decidiu subir para investigar.

Convidou o búfalo, mas ele não quis acompanhá-lo, estava satisfeito com a pastagem. Mais forte, ele podia arrancar capim onde o iaque não alcançava. O búfalo sabia que era muito frio no alto da montanha e, para não se preocupar com o irmão, emprestou seu grosso casaco de pêlos. Estavam no verão, não necessitaria dele na planície.

O iaque iniciou sua jornada montanha acima e logo descobriu que, não fosse o casaco do irmão, passaria muito frio. Quanto mais subia, mais intenso era o frio. Mas o capim era fresco e muito verde, valia a pena arriscar. E quanto mais ele subia, mais comia.

Quanto mais alto, mais suculenta a grama, e mais ele comia. Protegido pelo casaco do irmão búfalo, mais alto foi subindo. E quanto mais subia, mais suculenta era a grama. E mais ele subia, comendo tudo que encontrava pela frente: era um grande comilão.

Finalmente, quando o guloso iaque se lembrou do mano, decidiu voltar. Havia subido tanto, porém, e tão longe estava, que não achou o caminho de casa. Apavorado, perdeu-se para sempre. Nunca mais voltou para devolver o casaco ao búfalo. Até hoje ele possui uma camada extra de longas crinas a aquecê-lo, enquanto o búfalo tem apenas o couro para proteger o corpo.

O búfalo, com saudades do irmão, começou a procurá-lo, incansável. Por isso, o búfalo está sempre olhando montanha acima, com aquela cara de tédio que só ele tem. Tenta ver se o velho iaque vem descendo. Não tira os olhos das colinas nem enquanto está ruminando o pasto.

O iaque também sentia saudades do irmão e tentou arduamente encontrar o caminho de volta. Por isso, ele perambula sem parar, para cima e para baixo, nas trilhas do Himalaia, sempre à procura do búfalo.

Isso vai continuar por muito tempo, cada um pagando por seu egoísmo, até se reencontrarem. Só então conseguirão viver felizes para sempre.

Um beijo do papai que muito te ama.

Papi

REGIÃO DO KHUMBU, NANCHE BAZAR

3.441 metros de altitude

SAMUEL:

Escrevo do Himalaia para agradecer o convite. Quando pedi algumas semanas, já previa que a resposta seria negativa. Sua oferta se deve mais à sua generosidade do que ao meu perfil profissional. Você sempre achou que longe da sombra de meu pai eu poderia me dedicar à minha profissão, pôr em prática o aprendizado adquirido na longa vida acadêmica. Você nunca desistiu de me resgatar desta vida errante. Mas não sou tão inteligente como imagina, estou mais para lírico do que para irônico.

A decisão em não aceitar o trabalho foi baseada no meu sentimento. Descobri o tipo de pessoa que desejo ser, ainda há tempo. Os cravos, mesmo os mais frágeis, têm uma época certa para florir. Muitos são arrancados antes de abrirem os botões, mas há os que vicejam durante toda a primavera. Outras flores, como as anêmonas, embora espalhem seu perfume durante poucas semanas, são, pelo tempo concentrado de suas vidas, as mais vistosas.

A astúcia, e não a competência, é a responsável pelo sucesso no mundo dos negócios, e isso nunca fez parte do meu perfil. Não o critico, pelo contrario, o admiro. Você, melhor do que ninguém, conseguiu se adaptar às necessidades da vida moderna. Andou exagerando, mas isso não o desmerece. Em sua opinião cometi, num sentido oposto, o mesmo pecado.

Nos vimos pouco ultimamente. Seu convite deve ter sido mais uma ação de boa vontade do que uma sugestão de seus *headhunters*. Ainda está me vendo em nossas travessuras juvenis: descidas pelos cânions, rapel nas cachoeiras ou concentrado em abrir vias de escalada nas paredes calcárias.

Precisava escrever, já deveria ter feito, mas o tempo andava escasso. Descansando nesta vila, me voltam as horas. Melhor: além de agradecer o convite, retribuo a gentileza contando um pouco desta aventura. Talvez você se entusiasme e volte a praticar algum esporte ligado à natureza.

Em Katmandu fretamos um teco-teco e aterrissamos com nossas tralhas no pequeno campo de aviação existente no topo desbastado do monte Lukla, no sopé do Himalaia, o momento mais estressante desta expedição. Acostumado à primeira classe, você nem entraria nessa avioneta.

A cabeceira inferior da pista está alguns metros abaixo da cabeceira superior. O piloto apontou para a montanha e, quando sentiu que íamos bater, levantou o bico do pequeno avião, no último minuto, tocando apenas com as rodas no chão. Depois, foi só deixar correr, logo o aviãozinho parou — poucos metros antes da parede de rocha na outra extremidade.

Contratamos alguns iaques e muitos sherpas, tínhamos bastante equipamento para transportar até o Acampamento-base. Cruzamos uma pequena ponte, no fim do vilarejo, passamos por dentro de uma estupa — onde Bob, um dos meus parceiros, girou os cilindros de um moinho de orações. Com o movimento, os mantras, escritos em pequenos papéis e enfiados nas rodas, subiram aos céus, em direção às divindades budistas.

Iniciamos nossa caminhada de aproximação ao Everest. Pisávamos o chão dos nossos devaneios, provávamos a doce sensação de estar nos afastando da tumultuada cidade grande e de seus indivíduos opacos. Nas semanas seguintes, todos os dias, da manhã à noite, estaríamos protegidos pela natureza e suas individualidades brilhantes, as mesquinharias da vida moderna naufragariam em outra dimensão.

O clamor dos carros, os buzinaços coléricos, os traiçoeiros sinais vermelhos; o rangido dos guindastes, das escavadeiras e das britadeiras; os esbarrões nas calçadas abarrotadas de gente — tudo ficara no passado, lembranças sem contornos em meio a um nevoeiro esbranquiçado perdido no tempo.

O ritmo da vida seria ditado pela adrenalina em nossas veias. Cada passo, uma grande vitória. Não sobre os outros, como nas reuniões de negócio, mas sobre nossas limitações. Venceríamos não os concorrentes, clientes, fornecedores, colegas de trabalho, mas a pequenez das nossas ambições. Desprendíamo-nos dos prazeres passageiros que reduzem a grandeza de nossos destinos.

Passamos pela nascente de diversos riachos e lá pelo meio da manhã chegamos a uma aldeia esparramada pelas duas margens do rio. Exceto pela cobertura de zinco, os chalés, feitos de toras de pinheiros, lembravam minha cabana. Foi obra minha, um tronco depois do outro, meu suor impregnado em cada uma daquelas toras. Ficou linda. Pena você nunca ter me visitado. Como você se distanciou das nossas montanhas, dos cânions; até mesmo das colinas.

Hertha, esposa de Gerd, outro colega de expedição, mesmo sendo a mais lenta do grupo, não se atrasava. Os iaques seguiam no mesmo ritmo. Precisávamos ajustar a carga nos lombos dos animais, aproveitando para breves descansos. Nossas pernas, por mais treinadas que fossem, não conseguiam acompanhar nossa vontade, retardando o encontro tão ansiado.

Distanciamo-nos um pouco da margem do rio, subimos pela barranca e logo entramos no Parque Nacional Sagarmatha, o maior jardim de montanhas do mundo, onde está encravado o Everest, tulipa negra da Criação. Nas próximas semanas evoluiremos neste extraordinário paraíso terrestre, o mais admirável de todos, dos sagrados pátios do Vaticano às tórridas florestas tropicais.

Ao contrário dos bosques urbanos, planejados, ou das grandes florestas, delimitadas por rios ou determinadas espécies de árvores, este Jardim não tem uma orla, um limite no qual se ingressa ou se escapa, avançando alguns passos ou recuando outros. Ultrapassada uma larga faixa incompreensível à nossa racionalidade, estamos noutra dimensão.

Seguiremos os seus humores, evoluindo enquanto ele deixar, regressando quando nos for permitido; imóveis a maior parte do tempo. Cruzado esse limiar, sair não depende mais tão-somente da nossa vontade. Habitamos um outro plano, em tudo estranho. Gélido e hostil. Mesmo o oxigênio, abundante em nosso mundo original, nos falta. E nos faltará cada vez mais.

Acostumados à solidez das grandes planícies desde que nos tornamos eretos, voltamos a pisar um terreno em transformação, subindo e descendo peraus, margeando penhascos, desviando das avalanchas e nos agachando nas tempestades. Necessitaremos, com o decorrer das semanas, recuperar nossos instintos selvagens, perdidos ao longo dos milênios. Voltaremos aos primórdios da Criação para adequarmo-nos a este mundo em constante recomeço.

Cordilheiras, montanhas, arestas esquálidas, pináculos pontiagudos, encostas verticais, desfiladeiros, cascatas congeladas, rios caudalosos, ribeirões, córregos, cânions, cabras, roedores, aves de rapina, flores raríssimas; os próprios movimentos, embora caóticos ao nosso olhar, estão onde deveriam estar. Definindo canteiros previamente estabelecidos, suas linhas ondulam, tornam-se abruptas, rompem o céu ou submergem nas profundezas em perfeito equilíbrio. Neste Jardim das Maravilhas, apenas nós, logo se percebe, somos os estranhos.

Capacidade de adaptação, esta será a nova regra, passo a passo observada. Todos os sentidos se aguçam; manter-se vivo exigirá bem mais do que pôr em prática antigos conhecimentos. Precisaremos descobrir, ao longo do caminho, nossos próprios caminhos. Não apenas o terreno, também nossas almas serão desbravadas nesta jornada.

Uma pequena descida nos conduziu à trilha junto ao rio, um lugar muito bonito, completamente inóspito. Bob se encantava com os símbolos budistas, Gerd preferia a natureza em seu estado mais selvagem. Hertha a tudo admirava. Minha mente estava voltada para o Everest, cheia de dúvidas. Conseguirei? Voltarei para contar a história, ver a cara dos outros? Ainda não sei, o caminho à minha frente é longo, precisa ser cultivado.

A vereda estava coroada por imensos *manis*. Essas pedras, onde os sherpas haviam gravado as palavras sagradas do budismo: *om mani padme om*, eram motivo de grande alegria para Bob. Ele não se cansava de explicar o valor desse mantra, uma evocação semelhante ao sinal-da-cruz. Tentava justificar o tempo gasto sempre que eles apareciam ao longo do percurso.

Seguimos pelo leito do rio, saltitando sobre as pedras. Sentia o cheiro da terra molhada e o frescor emanado das árvores nas barrancas. A floresta de rododendros, magnólias, bétulas, ginepros e pinheiros gigantes estava recortada pelas cachoeiras que despencavam das altas paredes do cânion. A trilha escorria praticamente sem sol. O vento, em sua eterna acrobacia, afunilava através das gargantas dos grandes rios.

Subimos o barranco e atravessamos para a outra margem por uma ponte pênsil de madeira, muitos metros acima das águas. Entramos na pinguela um de cada vez. Algumas tábuas estavam podres, outras haviam desaparecido, era preciso caminhar escolhendo o lugar onde colocar os pés. Elas poderiam ceder com nosso peso. Pelos buracos, podia-se ver a correnteza turbulenta lá embaixo, a ponte oscilando a cada passada.

Nesses momentos me sentia um equilibrista, capaz de malabarismos que você jamais acreditaria. Nem você nem meu pai. Aliás, nem seu irmão, esse tagarela. Vive dizendo que algum dia me acompanhará numa expedição, mas não consegue passar do sonho, sufocado pelos compromissos familiares. Essa é a desculpa, sempre temos uma. Por mais esfarrapada, acabamos acreditando nela.

Você e seu irmão aí, eu aqui, cada qual em seu território. Se bem que, no fim da grande viagem, nos encontraremos, seja aonde for que estes caminhos nos levem. Quando você chegar, estarei esperando. Tomaremos um trago juntos, talvez por lá também exista sua marca preferida de uísque.

Cruzada a ponte, iniciamos a subida do monte Nanche. Os bosques de coníferas e o pinheiro-azul e o chorão do Himalaia começaram a rarear, substituídos por arbustos cada vez mais baixos. Em uma pequena curva a floresta ficou mais rala, e pudemos ver, por entre as árvores, em meio aos galhos, lá no fundo, o cume piramidal do Everest.

Mesmo a quilômetros de distância ele dominava o horizonte. A rampa de sua pirâmide estava desobstruída, erguendo-se branca e negra, neve e rocha. O penacho agitava a favor do vento por centenas de metros. Assinalava a grande altitude em que o pico perfurava o jato de vapor pairando sobre a cordilheira.

Primeira vista da montanha desde nossa entrada no Jardim, motivo para Bob fazer a tradicional saudação nepalesa, juntando as mãos, curvando-se e dizendo *namastê*. Usada em todos os turnos do dia, significa: "a divindade que existe em mim reconhece e saúda a divindade que existe em você". A deusa dos sherpas está lá, poderosa. Será um embate e tanto, ela se esgueirando dos estranhos, nós no encalço de seu trono.

Visto de longe, observou Gerd, o Sagarmatha parecia estático, mas sabíamos que ele estava em constante mutação. Precisaremos de muita tenacidade para alcançar o cume, e bastante sorte para descer com vida. Temos apenas uma maneira para descobrir se conseguiremos: seguir em frente.

No meio da tarde chegamos a Nanche Bazar, uma vila empoleirada nas escarpas da grande cordilheira. Ela já fora o mais importante mercado do Himalaia, onde nepaleses e tibetanos faziam suas trocas, isso até a invasão chinesa do Tibete. Com a fronteira fechada, o comércio se reduziu aos sherpas e o bazar funciona apenas aos sábados. Serve mais como evento social do que econômico. A economia da vila se resume aos montanhistas de passagem.

Estamos acomodados numa pousada modesta, bem ao estilo de Bob. A casa é de pedra, e um dos quartos serve para ele trabalhar. Com paciência monástica, meticuloso e organizado, cabe a ele tratar das licenças junto ao burocrático governo nepalês, selecionar e contratar a equipe de apoio, estabelecer salários, definir o equipamento e administrar o dinheiro. Especializado em logística, dá prazer acompanhar a satisfação com que ele confere cada item da enorme lista.

Crítico do *american way of life*, para quem a mão invisível do mercado é o responsável por todos os males da Humanidade, especialmente pelo cinismo da sociedade consumista americana, quando se trata de montar uma expedição ele se delicia comprando pessoalmente cada um dos itens. Escolhe o melhor, em quantidades além do necessário, pela alegria de comprar.

Estou acostumado a vê-lo com roupas de montanhismo, mas posso imaginá-lo enrolado num manto cor de açafrão. Vendo organizar a expedição, meu velho colega de Chicago poderia estar confortavelmente vestindo uma calça cinza, um blazer azul-marinho com botões dourados, uma camisa branca e uma gravata bordô. Talvez usasse sandálias em vez de sapatos.

Se você o visse nos acompanharia numa expedição. Nem só malucos há nestas encostas. Executivos e empresários estão se dedicando a escalar montanhas, um passatempo capaz de fazê-los esquecer a volatilidade da Bolsa. Nestas encostas, não sobra lugar na mente para outros pensamentos a não ser manter-se na trilha.

Gerd é professor de educação física nas horas vagas. O trabalho dele começará no Acampamento-base, quando assumirá o controle da escalada. O único contratado por ele em Nanche Bazar foi Tsong Sherpa, carregador de altitude. Homem de confiança, trabalham juntos há anos. Dizem que Gerd prefere Tsong porque o sherpa está acostumado com suas neuroses no alto das montanhas. Queixei-me a um amigo comum, também guia, que o alemão é muito exigente, e o cara disse que não, Gerd é, isso sim, autoritário. *Business*, meu caro: *business*.

Ao terceiro membro da equipe cabe obedecer às ordens de Bob até o Acampamento-base e de Gerd até o cume. Achei a distribuição das tarefas pouco lisonjeira, mas fui me acomodando às rotinas determinadas pelos dois amigos. Nunca fui de tomar decisões drásticas, espero não precisar fazer justamente no Everest.

Enquanto trabalham, aproveito para me exercitar caminhando pelos becos, servidões e ruelas da vila, subindo e descendo por todos os lados. Há muitos cachorros nesta região, preciso ter cuidado para não os molestar, desagradaria aos seus donos. Gerd e Bob, acostumados à altitude de Nanche Bazar, passam o tempo revisando o equipamento. Contratam homens e acertam os últimos detalhes da expedição.

Venho tomando Diamox escondido — uma droga à base de sulfa que ajuda a metabolizar o oxigênio. Bob e Gerd não aprovariam. Mas eu não conseguiria acompanhar o ritmo de aclimatação deles sem um empurrãozinho químico. Certas coisas fazemos sozinhos ou não fazemos. Estou agindo conscientemente, embora me deixe com um certo sentimento de desconforto.

Os dias amanhecem claros, deixando à mostra as altas montanhas, combustível perfeito para espantar qualquer dúvida que ainda paire em meu coração. Com o passar das horas, as brumas envolvem os picos. Ficamos suspensos numa ilha em meio às nuvens, lugar ideal para uma caneca de chá no alpendre da estalagem.

Uma bela tarde Bob me apresentou ao veterano Appa Sherpa, o fenômeno que escalou o Chomolungma diversas vezes, quase todas sem o auxílio de oxigênio suplementar. Enquanto caminhávamos pelo mercado, confidenciou que estava se aposentando da carreira de guia de alta montanha, os filhos não o queriam mais correndo tantos riscos.

Lord Buda havia sido generoso com ele. O trabalho lhe possibilitara alimentar e vestir a família, e ele juntara dinheiro para se aposentar. Quanto aos estrangeiros, sussurrou, o mais importante era que seguissem suas viagens existenciais em busca do autoconhecimento e da iluminação espiritual; não se limitassem a quebrar recordes. Referia-se aos ricaços de que há pouco falei, gente que vem buscar na montanha razões para fugir da frivolidade em que vive na cidade grande.

Continuaremos amanhã em direção ao Everest. Vou tirar uma foto no cume enrolado na bandeira do Grêmio para você cobrir aquela flâmula vermelha na parede do escritório.

Um grande abraço em nome dos velhos tempos,

Cláudio

REGIÃO DO KHUMBU, NANCHE BAZAR

3.441 metros de altitude

HELENA:

Espero que você esteja bem, assim como o Banco. Empregados motivados, clientes satisfeitos e acionistas felizes. Sei como esse tripé é importante para você e seu pai. Diga às crianças que papai está bem, logo voltará com muitas histórias para contar. A montanha que você vê no verso deste cartão-postal é a parte superior do Everest. Estou confiante, desta vez sei que vou conseguir. Vocês sabem o quanto isso é importante para mim.

Abraços em todos vocês,

Adônis

PS.: Ah, quase esqueci: comprei uma echarpe de lã de iaque. Um presente para as crianças lhe darem no seu aniversário. Espero que você goste.

REGIÃO DO KHUMBU, TENGPOCHE

3.867 metros de altitude

SEU JUVENAL:

Estou a caminho do Everest, como sempre. Desta vez, porém, ao contrário de todas as outras, prometo: vou pegar este javali à unha. Levarei um pedacinho do rabo, o senhor terá uma boa feijoada. Comeremos numa madrugada destas quando eu voltar.

Nem lembro quantas vezes nos reunimos sob a primeira barra de luz para tomar chimarrão e conversar sobre a natureza, algo impensável de fazer com meu pai. Ô homem apressado, seu Juvenal. O senhor o viu poucas vezes, não sabe do que falo. Nasceu numa estância mas prefere a cidade. Eu nasci na cidade mas prefiro o campo.

Auroras e sons matinais me alegram. Mais gostoso, só o cheiro da terra recém-molhada no fim da primavera. Pingos grossos fazem sulcos no terreiro; no campo o gado procura o abrigo das árvores. Agradeço, uma vez mais, as madrugadas ao lado do fogão a lenha, seus causos fazem parte da minha vida. Acrescentei pouco às nossas mateadas em minha cabana. Algumas cordilheiras cobertas de neve, nada mais.

Muito falei delas, o senhor adora esses lugares estranhos por onde tenho passado. Hoje não falo de montanhas, embora esteja a caminho da mais alta de todas. Conto um fato bem mais curioso, uma história de cachorro. Não um cachorrão como esses que o ajudam a guardar a minha propriedade, ou aqueles que o acompanham nas caçadas de porco-do-mato. Outro cachorro, muito especial, o senhor vai gostar de saber que eles existem. Cachorro tipo gente, gente de verdade. Vire o mate e leia. Devagar, a coisa é estranha.

Numa fria manhã deixamos Nanche Bazar, aquela aldeia em forma de ferradura, na encosta da montanha, que lhe mostrei nas fotos. O sol iluminava os picos nevados, deixando o ar ainda mais clarinho. Um cachorro preto muito magro, com a língua de fora, resolveu nos seguir, para alegria do Bob, um gringo que me levou para o alpinismo, essa atividade perigosa que o senhor nunca entendeu como esporte. Esporte não é só futebol, seu Juvenal!

Inicialmente desconfiado e hostil, o cão logo passou a nos encarar com naturalidade. Segundo a tradição dos moradores destas montanhas, ele muito bem podia ser a reencarnação de algum sherpa, quem sabe um monge, devendo ser bem tratado. A crença budista de que humanos podem reencarnar como animais dá aos cães do Himalaia uma vida tranqüila. Vida de cão por aqui tem outro sentido, embora o senhor cuide bem da sua cachorrada. Mas esse caso é diferente.

Gerd, um amigo alemão que nos acompanha (o senhor precisa conhecê-lo), um alemão de verdade, não como esses colonos que temos aí na Serra; pois o dito alemão bem que gostaria de enxotar o cachorro de volta. Não enfiou o pé no cusco para não desagradar os carregadores. Mas que dava mesmo vontade de escorraçar esse bicho sarnento, ah, isso dava, especialmente quando nos olhava com aquela cara deprimida.

Irritava-me o rabo no meio das pernas, humildade que os sherpas não têm. Se aquele animal é a reencarnação de algum humano, o sujeito devia ter sido muito ruim na outra vida para voltar num ser tão desprezível. Só podia ser isso. A essas coisas, por aqui, chamam de carma. Na volta explico melhor.

No barranco margeando a trilha encontramos diversas flores típicas das regiões montanhosas. Não apenas os tentáculos das montanhas, com suas massas de ar arrasadoras, também os elementos mais frágeis, do gelo cristalino às flores multicoloridas, todas as peças neste esplendoroso Jardim estão dispostas segundo a vontade do Jardineiro.

Não falo de um jardineiro comum, como seu Alfredo, que cuida dos bosques em torno da cabana. Refiro-me a uma força poderosa, deus pagão da natureza. Algo parecido com aquele lobisomem que tanto o atormenta nas noites de lua cheia. Agora concordo, seres sobrenaturais existem, o senhor tem razão.

Continuamos flanqueando a grande montanha coberta por terra parda, ultrapassando a linha das árvores. A partir dessa altitude não existe oxigênio suficiente para alimentar as plantas, a terra é nua. À esquerda se elevava, até o cume, a parede escura. À direita, a montanha descia até o leito do rio. As águas corriam por um verdejante vale muito abaixo do perigoso caminho. Pobres carregadores. Com os pesados fardos às costas, andavam expostos à morte.

Passamos por alguns moinhos de orações movidos à água, enfileirados no lado direito da trilha. Gerd mexeu com Bob: esses, ele não precisava girar, a natureza se encarregava de fazer. Era como alguém ir à missa pela gente. Bob não gostou da brincadeira, ficou meio acabrunhado.

Para Gerd somente é real aquilo que não se possa descartar mentalmente. Em suas discussões com Bob, onde eu pouco ouso interferir, muitas vezes o ouvi dizer que não necessita de promessas de recompensas pós-morte para se comportar decentemente. Viver com dignidade é uma homenagem que faz a si mesmo.

Conversamos sobre nossas crenças, ou a falta delas, o senhor nem imagina. Quem apóia a vida numa terra tão rude, desprovida de qualquer compaixão, precisa se agarrar a valores menos movediços, e a religião é um bom refúgio. Todo alpinista, e neste caso falo desses caras profissionais, se acha especial, filho predileto de alguma divindade. Não daquele Deus vingativo que o padre Rodolfo nos fala, mas um ser misericordioso, pronto a dar a mão nos momentos mais aflitivos.

Embora difícil de acreditar para quem esteja tão longe, uma escalada como esta tem momentos de grande monotonia, e é preciso enfrentá-los. A caminhada de aproximação, os dias ociosos no Acampamento-base e o repetitivo sobe-e-desce transportando equipamentos e forçando a aclimatação custam a passar.

Tedioso, mas não de todo ruim: sobra tempo para matutarmos sobre a vida, coisa impossível de ser feita na cidade. Com a trilha estabelecida, desviamos o olhar da escalaminhada e iniciamos outras viagens, nossas aflições vagam por labirintos bem mais confusos. Quando chegamos nas partes altas do Everest, então a coisa muda, pensamos apenas no terreno acidentado, cada passo consome todas as atenções.

Cruzamos por três alpinistas, um dentre eles aos arrastos, em agonizante delírio. Perambulando pelos limites do vivível, o mais jovem sucumbira ao ar rarefeito e descia às pressas, única forma de recuperar o oxigênio que faltava nos pulmões. Oferecemos ajuda, mas tão aflitos estavam, e com tamanha pressa, que simplesmente nos ignoraram.

Esperávamos um pedido de socorro, mas nada. Continuavam tão arrogantes quanto ao marcharem para o desastre. Alguns tipos nada aprendem, nem mesmo diante da tragédia, essa alavanca que abre todas as portas da mente. Triste sina. Angústia era o que provinha daqueles olhares, desespero diante da presença da morte, inesperada numa altitude tão baixa, fruto da subida mal planejada.

Certas pessoas, ainda não sabemos por que, resistem menos que outras à diminuição do oxigênio, e ali estava uma delas, provavelmente alguém que pela vez primeira se expunha às terríveis condições fisiológicas da alta montanha. A falsa literatura sobre o Himalaia, onde super-heróis narram vitórias sem dor, ilude a mente dessa rapaziada.

Alpinistas sorumbáticos são mau agouro, não combinam com temporadas gloriosas. Pessoas apavoradas atraem catástrofes, todos sabem. O medo controlado nos mantém vivos; transformado em pânico, leva direto para o outro lado do rio.

Abatidos ao extremo, corriam sério risco. Poderiam despencar num dos abismos em qualquer curva, cair para a morte no fundo do cânion, rebentando nas rochas moídas pela correnteza. As águas apagariam aquelas vidas, eliminando seus rastros da face deste mundo visível, carnificina tão sangrenta quanto inútil.

Bob ficou aflito por não poder auxiliar. A impotência diante da tragédia encomendada sempre o deprimia. Fechava os olhos, fazia seu mantra e, pouco depois, resoluto, punha-se em movimento; seu espírito novamente em paz. Gerd, fiel à postura de não se intrometer na vida dos outros, agia apenas se fosse solicitado; ou quando o código da montanha se impunha às vontades pessoais.

Deslocado, eu me conformava em não poder ajudar: não estava preparado. Ajudas, quando me rodeavam, normalmente eram em minha direção. A consciência dos meus limites me inquietava, um homem extraviado na terra dos seus sonhos. Retirava-me a um respeitoso silêncio, carregando o frio, o suor, a vertigem física e a respiração ofegante.

O Jardineiro, escondido atrás dos rododendros ou espreguiçando-se no cume de alguma montanha, rodeado por um séquito de nuvens algodoadas, talvez risse à toa. Ele havia expulsado as primeiras doninhas da temporada, e ainda na orla dos canteiros secundários, onde suas criações estavam misturadas às pastagens dos iaques. Desta vez ele fora complacente, contentara-se em dar um susto nos invasores.

Nem todos os alpinistas são novatos, e ele, melhor do que ninguém, sabe disso. Deve estar se preparando para batalhas mais difíceis do que apenas expulsar da montanha aqueles jovens imprevidentes. Não víamos mais os rapazes, haviam desaparecido entre as curvas inferiores.

No meio da manhã cruzamos o bonito pórtico na entrada da aldeia. O teto, pintado com imagens de divindades budistas, serve para exorcizar os maus espíritos acompanhando quem chega ao mosteiro. O cão preto esgueirou-se por entre as casas dos monges, desapareceu de nossas vistas. Havia voltado após descer a Nanche Bazar, onde fora confraternizar com os amigos.

O senhor pode imaginar uma coisa dessas? Qual dos seus enormes cães poderia ser a reencarnação de algum antepassado seu? Os mistérios da vida são complexos demais para entendermos, tudo é possível. Se algum dia aparecer um cachorro misterioso, meio perdido, sacudindo o rabo um pouco encabulado em volta da cabana, não o enxote. Vira-latas, quem sabe, podem ser gente boa.

Um grande abraço, extensivo aos familiares. Cuide bem da cabana, voltarei em breve com mais fotos. Ah, quase esqueci: tirei um retrato para o senhor ver a magreza do guaipeca.

Adônis

GELEIRA KHUMBU, ACAMPAMENTO-BASE DO EVEREST
5.400 metros de altitude

AMYR:

Há muito prometo contar os bastidores de uma expedição ao Everest. A pressa nunca deixou tempo em nossas agendas para eu satisfazer, pelo menos em parte, sua vontade de conhecer mais sobre o montanhismo. Se você estava na cidade, eu estava nas montanhas; se eu estava na cidade, você estava no mar sem fim. Ou estávamos isolados em busca de nossos cumes, quer nos altos penhascos ou no cavado das ondas; mas nunca à deriva. Nossos lemes sempre apontaram o Norte verdadeiro.

Lembro-me de uma longa noite em que conversamos no tombadilho de seu veleiro. Pela nesga de céu entrando pela escotilha, víamos as estrelas em meio às luzes de navegação. Colocadas na terra e no céu, umas pelo homem, outras por Deus, serviam para orientar nossas ações e confundir nossos espíritos. O vento de través adernava o barco, causando um certo desconforto. Eu nunca seria um bom marinheiro, e isso faz aumentar a admiração que tenho por você.

Sob aquele manto estrelado você me contou um pouco das agruras vividas na solidão da última invernada na Antártida. Eu queria falar sobre as montanhas, ensaiei algumas frases, mas estávamos no mar, e a magia das palavras se encaixava melhor nas suas histórias. Ouvir você foi uma bênção.

Através da escrita devolvo um pouco da emoção. Estou encalhado no Acampamento-base do Everest, espero condições climáticas favoráveis para iniciar a subida, tenho um pouco de tempo. Cada alpinista tem sua maneira de rolar essas horas intermináveis, eu descarrego a tensão escrevendo cartas aos amigos.

Após alguns dias de caminhada, me encontrava em Tengpoche, aquela aldeia sagrada flutuando entre as nuvens, tema de uma das nossas últimas conversas, quando você prometeu que pelo menos até ela subiria uma hora dessas. Marinheiros não são atraídos pelas montanhas, preferem as altas latitudes. Tanto lá como cá, os desafios são os mesmos: ludibriar os limites impostos pelas nossas mentes de homens urbanos.

O sol projetava em meus pés o perfil negro das cordilheiras, enquanto pintava de dourado as vertentes congeladas dos picos mais altos. No céu, nenhuma nuvem; paz absoluta. Aquele tipo de calmaria que você tão bem conhece e que antecipa as grandes tempestades. No fim da tarde, quando um fino nevoeiro baixava, a paisagem perdia seus contornos, borrando os horizontes.

O mosteiro em Tengpoche abriu para uma cerimônia, e, graças à intervenção de Bob, fomos autorizados a entrar. Acomodados no chão e escorados na parede, assistimos aos monges, envoltos por mantos cor de vinho e com as pernas cruzadas sobre almofadas de brocado, tocarem, beberem chá e entoarem mantras. O monótono cantochão alternava a altura das vozes, ora alto, ora baixo, frases espichadas ao máximo e subitamente interrompidas, para logo reiniciarem, uma seqüência sem fim.

Na penumbra, os incensórios queimavam gravetos de junípero, e o aroma subia com a fumaça em agradecimento às divindades, além de proteger os monges dos espíritos malignos. Bob sabia recitar a ladainha, sentia-se à vontade. Mesmo não entendendo o ritual, meus olhos lacrimejaram. Em um dos cantos, um cachorro gordo sentado sobre as patas parecia acompanhar a cerimônia. Chamou-me a atenção pela cabeça sempre erguida, narinas alertas e olhar inquiridor, uma dignidade que eu ainda não havia encontrado nos cães do Himalaia.

Em nome da expedição, e sem o conhecimento de Gerd, que nos acusaria de estarmos comprando indulgências, demos um generoso óbolo ao mosteiro. Mais preocupado com as questões práticas, ele aproveitou o tempo para uma vez mais conferir os equipamentos, substituindo os arreios de algumas mochilas de ataque por outros mais leves.

Bob passava os dias conversando com os monges, discutiam as novas doutrinas surgidas da mescla entre a filosofia tibetana e a psicanálise ocidental. Gerd estava concluindo um livro de Günter Grass, o Prêmio Nobel que acabou se confessando um ex-integrante da Waffen-SS. Gerd carrega um ensebado volume de bolso de *L'Être et le Néant*, uma espécie de amuleto aberto ao acaso e lido aos saltos. Vê-lo ler Sartre no original sempre me deixou curioso. Estou lendo *O lobo do mar*, o livro de Jack London que você me indicou.

Um cão preto, muito magro, nos acompanhou até a saída da aldeia. Bob lhe fez um afago, mas o animal não quis seguir conosco. Mergulhamos novamente nos desfiladeiros em direção ao Big E. De quando em quando uma nuvenzinha se enganchava no topo de uma montanha e ficava horas flutuando, vela esfarrapada que se negava a abandonar o mastro. Nuvens no céu e velas em alto mar liberam minha imaginação.

A vista dos gigantes nevados do outro lado do vale era esplêndida, prendia nossos olhares, esquecíamos o cansaço. Passadas automáticas, como se estivéssemos tomando banho de sol no convés de um barco controlado pelo leme de vento, empurravam nossa monotonia.

No meio da manhã saímos do vale e chegamos em Pangboche, uma aldeia bem acima da linha das árvores. Por insistência de Bob visitamos o mosteiro, o mais antigo templo sherpa do Nepal. Estava em meio a um bosque de imensos juníperos, árvores exóticas nessa altitude. Bob explicou: foram criadas pelo lama ao cortar um punhado dos cabelos e jogar ao vento. Os fios ganharam vida, dando origem ao arvoredo.

Um tapete de grama amarelo-queimado se estendia do sopé das montanhas até a beira da trilha, delineada pelo pisar e o estercar dos iaques. Os lentos animais desviavam das grandes pedras espalhadas pelo vale, deixando uma linha sinuosa de excrementos por onde seguíamos, um pouco repugnados.

O ziguezaguear aumentava a distância até o Acampamento-base, descidas e subidas desnecessárias. Mas ninguém ousava tomar um atalho, prolongando o momento do desafio final. Em breve, os alpinistas se diferenciariam por suas crenças no absoluto ou suas habilidades técnicas. Tanto uns como outros fariam suas próprias jornadas. Os místicos, ao interior do espírito; os pragmáticos, ao topo de uma montanha gelada.

Pouco depois do meio-dia chegamos a Pheriche. Havíamos ultrapassado a barreira dos quatro mil metros de altitude, fato comemorado por Bob com um mantra especial. Nevou muito, prolongando nosso descanso em algumas noites, aproveitando a boa infra-estrutura da aldeia.

Havia no local um posto do governo para orientar os *trekkers* que percorrem as trilhas do Himalaia sobre o Mal da Montanha. Por sugestão do administrador, Gerd fez uma palestra explicando a influência da altitude no organismo humano e as doenças mais comuns causadas pela falta de oxigênio no ar: lentidão de raciocínio, queimaduras, fadiga, falta de visão, enjôo, taquicardia, diarréia, desidratação, dor de cabeça, náuseas, vômitos, insônia e inchações.

Para quem, como nós, pretendia ultrapassar os cinco mil metros de altitude, a esses problemas se adicionavam outros, mais perigosos, como os edemas, as necroses, as hipotermias e as alucinações. A mais comum delas é imaginar alguém escalando a seu lado quando se está sozinho. Outro problema era a catalepsia, estado de rigidez muscular plástica, em que qualquer parte do corpo permanece inerte na posição em que se encontra.

Com um oxímetro portátil, Gerd mediu o percentual de oxigênio no sangue de algumas turistas. Foi o maior sucesso. Não espalha: numa noite dessas, ele dividiu a cama com duas holandesas. Elas eram namoradas. Uma delas era bi, mas só podia dormir com um homem se fosse na presença da outra. Elas tinham esse acordo, e o alemão topou.

Partimos em direção a outro vale, em cuja entrada se encontra Dingboche, pitoresca aldeia ao pé do Ama Dablam. Povoado mais alto do Khumbu com habitação permanente, as casas tinham pequenas hortas, onde no verão os sherpas plantam batatas e cevada.

Banhada pela luz da lua, a cordilheira se transformou num imenso lençol de uma brancura pálida. Formava, em meio à neblina, figuras disformes e espectrais. Você não acredita em navios fantasmas — eu acredito. Senti medo. Para espantar as aflições, comentei com Bob na manhã seguinte, repassando minha intranqüilidade. Poderia ser prenúncio de algo ruim, sinal de mau agouro. Se os espíritos do mal andavam soltos, talvez estivessem em nosso caminho.

Saímos por dentro do vale. Ao fundo o Imja Tse ficava cada vez maior. Caminhávamos pela sombra do Ama Dablam, à nossa direita, tendo à esquerda o Pokalde. Como parte da aclimatação, subimos pelas encostas do Imja Tse sem a intenção de chegar ao cume. Deveria ser apenas uma caminhada descontraída, mas Gerd se distanciou e, mesmo sem os equipamentos adequados, acabou escalando a montanha.

Testava o autocontrole, fruto do extraordinário conhecimento que tinha de si mesmo. O vento, em sua mania de importante, soprou mais forte, e temi pelo alemão. Bob disse que nosso amigo sabia o que estava fazendo. Sabia mesmo: voltou pouco depois, assobiando. Estávamos apenas no começo do desafio, ele e o Jardineiro negaceavam a distância.

Retornamos à trilha principal. Passamos por Dugla, um refúgio com apenas três casas de chá, que só abrem na temporada para atender os montanhistas. Vencemos uma subida abrupta por um piso irregular, respirando a metade do oxigênio a que estávamos acostumados. No platô encontramos um amplo terraço pontilhado por diversos marcos feitos com pedras sobrepostas, memoriais em homenagem aos alpinistas que cruzaram o caminho apenas uma vez, uma tênue linha entre a vida e a morte.

Chegamos a Lobuche no meio da tarde. Poucas cabanas de pedra e algumas barracas. Como outrora e, esperávamos, também no futuro, tomamos chá de limão quente olhando as grandes montanhas cobertas de gelo. Refletiam a luz do sol primaveril. À nossa esquerda, na divisa com o Tibete, o majestoso Pumori, a montanha mais bonita do Himalaia. Gerd preferia o Ama Dablam.

Bob se manteve alheio, tão emocionado estava em voltar ao vale Khumbu. O preferido dele era o Macha Puchare, um pico do qual tinha o maior ciúme. As preferências expunham mais nossas paixões do que a beleza das montanhas. Em algumas delas, como o Everest, botávamos carinhosos apelidos. Meu predileto era Big E. Bob o chamava de Chomolungma, o nome tibetano, também usado pelos sherpas. Para Gerd, arredio à fé e avesso aos anglicanismos, tratava-se do Sagarmatha, o nome nepalês.

A luz diminuía, os vales mergulhavam na escuridão. As montanhas permaneceram banhadas de cores por um bom tempo. As nuvens retinham a cálida luz e envolviam os altos picos num espesso manto branco, desenhando figuras mirabolantes. As sombras foram cobrindo o céu, apenas os topos mais altos resistiam. Iluminados pela última luz do dia, sucumbiam brilhando, temporariamente derrotados, para ressurgir na manhã seguinte.

Nosso mundo se tornou uma vasta expansão de rocha e gelo varridos pelo vento. Velhos marinheiros, ludibriávamos as adversidades, dobrando a arbitrariedade do mundo primitivo. Deixamos uma geleira à esquerda e finalmente chegamos a Gorak Shep, um refúgio com três cabanas, onde dormimos algumas noites.

Ainda estava escuro quando iniciamos a escalada do Kala Patar, uma extenuante subida sobre lascas pontiagudas de rocha. Fazia muito frio, mas não ventava, o que era bom sinal. O único som vinha do pedregulho quebrado sob nossas botas.

Do cume dessa pequena montanha se tem a mais bela vista do Everest e de toda a cordilheira, o lugar mais bonito do mundo. Ficamos breves minutos lá em cima, o suficiente para algumas fotos, enquanto Bob fazia sua prece, um degrau a mais na escala da purificação, adquirida pelo desprendimento com que se liberta das suas conquistas.

Tenho milhares de fotografias guardadas na minha cabana, tudo na mais completa desordem. Pretendo catalogá-las, mas esse dia nunca chega, e elas se amontoam, caixas e mais caixas de sapato cheias de cromos embolorados. Recentemente adquiri um equipamento digital, espero que ajude a organizar o arquivo.

Tão excitante quanto a escalada é a melancolia do cume, Gerd costuma dizer. Pessoas como ele são movidas mais pelo desafio do que pela conquista. Não é o único. Conheço alpinistas que a um metro do topo voltam. Podem alcançar, isso basta. Não precisam provar nada a ninguém, nem a si mesmos, assim evitam a embriaguez da vitória. O desafio permanece, um sentido a mais para viver.

Ao sairmos de Gorak Shep, enveredamos por cima da grande morena, costeando o vale. Formada por escombros de sedimentos de blocos de rocha e argila de origem glacial, acumulados na borda da geleira, reunidos ali pela força do gelo que desce das montanhas, a morena se estendia por boa parte do vale.

Vencíamos uma a uma as defesas do Himalaia em direção à sua espinha central. Quando atingimos a parte mais alta da morena, avistamos as barracas coloridas do Acampamento-base, lá no fundo. Em torno delas, pessoas ainda mais estranhas. Tribo curiosa, comentei com Gerd, mas ele continuou silencioso; sei lá no que pensava. Talvez você saiba o que pensa um marujo quando, após alguns dias em alto-mar, descobre terra à vista.

O Acampamento-base está localizado no ponto em que a geleira faz uma curva e se encontra com a Cascata de Gelo que desce pelo vale formado entre o Everest e o Lhotse. Embora as saliências e rachaduras no glaciar mudem a cada ano, sua posição em relação aos picos vizinhos permanece mais ou menos a mesma nas últimas temporadas.

Nossas barracas estavam montadas, graças ao trabalho dos carregadores. Habitantes das altas encostas, não precisam subir aos poucos. Um arremedo de vento farfalhava as bandeirolas budistas suspensas sobre as inúmeras tendas coloridas, mantras jogados ao céu em busca da proteção divina.

Na porta da barraca-refeitório, o cozinheiro esperava com uma caneca de chá com leite bem quente e uma barra de chocolate. Estávamos numa área protegida do vento que desce pela Cascata de Gelo, responsável pela destruição de muitas barracas em temporadas anteriores. Vantagem por nossos sherpas terem sido os primeiros a chegar, providência tomada pela experiência de Bob.

O sol, tão pálido quanto os raios que nos acariciavam, sombreava os sulcos do acampamento, resistindo ao entardecer. Transformava o abrigo numa pequena estufa, deixava a temperatura agradável, embora do lado de fora ela estivesse negativa. Meus olhos estavam iluminados, refletiam o desejo de aproveitar esta última chance para vencer o Everest.

Deslumbrado frente ao desafio, comentei com Bob que eu normalmente acabo fazendo coisas arriscadas; faz parte da minha natureza empurrar as fronteiras para descobrir até onde posso chegar. Tanto quanto não costumo me interessar pelas pequenas causas, as grandes tarefas logo me põem excitado. Na outra encarnação devo ter sido um sherpa.

Meu amigo vibrou, pondo-se a falar. O importante é saber reconhecer quando chegamos a um limite extremo e encará-lo com naturalidade. Havia muito ele descobrira que não se escala uma montanha com as pernas, mas com a cabeça.

Para ter sucesso é preciso estar motivado. Se a motivação for excessiva, é provável que se morra. Há uma febre que costuma atingir os alpinistas menos experientes, a Febre do Cume. Quando a pessoa está muito perto de alcançar o objetivo, especialmente após um esforço físico penoso, sente uma grande euforia capaz de cegar os olhos para os riscos e, simplesmente, seguir em frente.

Não saber a hora de parar, respirar, analisar com calma e, se preciso for, voltar, pode ser o fim. Não só no alpinismo como em todas as circunstâncias da vida. O excesso de autoconfiança, como todos os excessos, pode matar. Lições que valem por uma vida, quer seja no mar ou na terra.

Ainda não tenho, e provavelmente nunca terei, certeza se saberei determinar com precisão o meu limite, o ponto de onde deveria retornar. Só descobrimos tais respostas quando nos expomos à realidade da vida, especialmente enfrentando a natureza selvagem em seu estado mais puro. Por ora, se fosse me lançar sozinho ao mar, acabaria naufragando.

Que tipo de homem emergirá desta montanha? Esse é, afinal, mais um desafio, mais uma pergunta a ser respondida, e por isso estou outra vez no Everest, um ótimo lugar para nossas descobertas interiores, mesmo as mais profundas, essas que surpreendem a nós mesmos. Os fantasmas que habitam nosso inconsciente desaprisionam-se e se manifestam sob a forma de atos: somos o que realmente somos, aceitemos ou não. Nas vezes anteriores fracassei. Não cheguei ao cume nem saí da montanha fortalecido. Desta vez espero melhor sorte, vamos ver.

Despeço-me, a montanha e o mar nos esperam. Chega de teorias, vamos à prática. Prometo, na volta, fazer uma visita ao *Paratii*.

Abraços fraternos,

Cláudio

GELEIRA KHUMBU, ACAMPAMENTO-BASE DO EVEREST

5.400 metros de altitude

ROBERTO:

Aqui vai o e-mail tantas vezes prometido, um pouco dos bastidores do Acampamento-base do Everest. Por favor, corrija os erros e edite o texto, ative-me apenas à fidelidade do ambiente. Anoto o que acontece no dia-a-dia da expedição, farei uso dessas observações pessoais.

Meio século depois da primeira oitomil ser conquistada, tais façanhas não magnetizam mais a opinião pública, heróis pacíficos estão fora de moda. Essas empreitadas servem mais para criar conflito entre as vaidades dos alpinistas do que qualquer outra coisa. Para não decepcionar por completo os internautas do *360*, relato algumas intimidades que dificilmente chegam ao conhecimento do público.

No começo de cada temporada, o Acampamento-base parece os *saloons* dos filmes de faroeste, local onde todos se encontram: bandidos, mocinhos, caçadores de recompensas, trapaceiros, jogadores, religiosos, xerifes, vilões e mesmo as prostitutas marcam presença.

Sob a pressão do desafio que se avizinha, muitas vezes uma luta de vida e morte, cada um mostra seu verdadeiro caráter. As pessoas se avaliam, expõem suas habilidades e escolhem seus lados. Estabelecem parcerias com alguns e acirram as rivalidades com outros.

Ao lado das nossas barracas estão os franceses, uma bem equipada expedição comercial. Têm um sofisticado equipamento de telecomunicações, podem enviar e-mails por satélite para qualquer lugar do mundo. Embora caríssimo, sempre alguém tenta se comunicar com a família ou manda relatórios para os patrocinadores.

Os relatos, transformados em *releases* pelas assessorias de imprensa, baixam nas redações quase simultaneamente aos acontecimentos. No dia seguinte, as notícias estão nas páginas dos jornais, alpinistas são mestres na arte da autopromoção. Utilizo o equipamento para enviar este e-mail, depois você me reembolsa.

Um repórter da *Paris Match* acompanha o grupo, enviando boletins diários sobre a escalada para o site da revista. Milhares de pessoas em qualquer parte do mundo francófono seguem os passos da expedição sem deixar suas casas climatizadas. Os amigos vibram, as famílias sofrem, o mundo da publicidade fatura. O Everest é um espetáculo.

O líder e guia-chefe da expedição é um cara chamado Marcel Thierry, desafeto de Gerd, um dos meus colegas de escalada. Trabalharam juntos no K2 ano passado, e o alemão o define como um sujeito arrogante, que muitas vezes coloca os interesses comerciais acima da segurança dos clientes.

Gerd também o acusa de ser um incansável caçador da fama. Thierry é tratado na França como pop star do alpinismo, dá autógrafos em Paris e passa as férias de verão na Riviera acompanhado de belas mulheres, tipo de vida oposto à levada pelo meu discreto amigo, um sujeito arredio às entrevistas. Até o cabelo de Thierry, preso num longo rabo-de-cavalo, o irrita.

Segundo outros — fofoqueiros há em todas as partes —, a rixa teria por origem uma ex-namorada de Gerd seduzida pelo francês, moça bonita, filha de um comerciante de Katmandu. Nesse quesito Gerd não fica para trás: adora conquistar as mais desinibidas, especialmente as nórdicas, que vêm fazer *trekking*.

Não falo de amor, mas de reputação. Por estes acampamentos, esse é um artigo bem mais valioso, e tê-la arranhada faz parte do cerne da competição. Nesta passarela de gelo, na qual os machos desfilam trajes supercoloridos, perder uma fêmea para um rival abre um corte irreparável na crista.

Engana-se quem pensa que os desafios são entre homens e montanhas. São entre homens e suas vaidades. Prova disso é a agonizante espera para ver quem será o primeiro a desistir em cada temporada. Apostas não declaradas são feitas, todos sentem um prazer mórbido quando algum infeliz sucumbe ao estresse e desce cabisbaixo pelos vales em direção a Katmandu.

O amor-próprio sobrepõe-se ao perigo, leva muita gente à morte. Tenho visto escalador despreparado arriscar a vida para não admitir seus medos. Presenciei cada situação no Himalaia... daria um livro. Talvez um dia escreva, contarei um pouco da arrogância humana nestas montanhas.

Gerd trabalhara dois anos como guia-assistente para Marcel. Uma discussão sobre condições climáticas, pouco antes de chegarem ao cume no Paquistão, fez o alemão pedir demissão tão logo voltaram a Islamabad. Gerd não queria subir por causa do mau tempo, Thierry forçou o grupo. Os clientes haviam pago uma fortuna, dar meia-volta a uma hora do topo seria um dano comercial muito grande.

Chegaram ao cume. O regresso, no entanto, por muito pouco não se transformara em tragédia. Gerd contou que só não morreram porque uma sucessão de pequenos milagres foi acontecendo ao longo da descida. Ele perdera uma parte do dedo mindinho do pé esquerdo, necrosado pelo frio, e culpava o francês. A ferida foi no pé, mas a cicatriz ficou no orgulho do alemão.

Neste mundo machista, competição é um produto em abundância. O que diferencia os alpinistas é a forma como cada um gosta de saborear suas vitórias, nas montanhas ou nas alcovas. Bob, meu outro parceiro, um americano, concordou comigo e demos o assunto por encerrado. Alemães e franceses nunca se deram, não seria no Himalaia que fariam as pazes. Velhacos há por toda parte. Eles ficam na deles, nós ficamos na nossa.

Prefiro conversar com um dentista acampado perto da minha barraca, uma das pessoas mais afáveis que já pisou nestas geleiras. Chegou ao Acampamento-base conosco e logo veio ter comigo. É sua primeira vez no Himalaia, sentia-se perdido. Bom papo, cedo aprendi a admirá-lo, a fineza em pessoa.

Apesar da resistência da família e de alguns amigos mais próximos, tirara alguns meses de férias em sua badalada clínica em Bruxelas e se bandeara para o lado de cá do mundo. Coloca em prática um velho sonho, diz estar bem preparado.

Profissional da área da saúde, Jean Pierre trouxe novidades, entre elas algumas injeções de dexametasona, um esteróide capaz de reduzir alguns dos sintomas provocados pelo Mal da Montanha. Ganhei um estojo com três aparelhos. Em caso de emergência, bastará pressioná-lo na perna, a agulha transpassará as roupas e a droga será injetada. Não pretendo usar, guardarei como lembrança.

Jean Pierre teme, em especial, os edemas pulmonar e cerebral, quando vaza líquido nos pulmões ou no cérebro. Ambos são letais, mas este é mais grave, age rápido. Subindo, a pressão aumenta dentro do crânio, e as funções motoras e mentais se deterioram sem a vítima perceber. A hipotermia (diminuição do calor no corpo) e a hipoxia (baixa concentração de oxigênio no ar) também levam à morte.

Precavido, o homem. No entanto, mais do que isso, chama a atenção a rapidez com que se adaptou à vida desconfortável da montanha. Nada em seu comportamento lembra o sujeito acanhado e de gestos delicados da chegada. Perdeu a timidez, e seus atos beiram a brutalidade e a virulência. Suas mãos estão cheias de calos. Nota-se em seus olhos um certo orgulho esquizofrênico, parece dar vazão aos seus instintos de primitiva selvageria.

Não deverá chegar ao cume nesta temporada; dificilmente se escala o Everest na primeira tentativa. Homens e montanhas são elementos antagônicos, impossível a um impor uma derrota total sobre o outro. Para vencer, será preciso se moldar à realidade alheia, um hibridismo forçado. Jean Pierre não chegou a esse ponto. Tecnicamente, pode estar pronto, mas a mente está longe de se fundir com a neve e entrar na pele da montanha, coisa que Bob e Gerd, e Thierry, sabem fazer tão bem.

Mas pisou no Big E, o mistério acabou. Conhecido o desafio, o medo diminui. Vista de perto, nenhuma dificuldade é tão grande. Quando voltar para casa, a dor pelo insucesso e o sofrimento pelos dias terríveis passados no Himalaia servirão de alimento à sua mente, um estímulo extra para regressar mais decidido em outra temporada.

Nada nos impele mais às grandes vitórias do que as pequenas derrotas, a automotivação é alimentada pelo quase-sucesso. Ele provará o gostinho do quase-vencer e não desistirá enquanto não saborear esse prato por completo, mesmo que o motivo que o levou a tal desafio deixe de existir. O quase-vencer vicia mais do que vencer. Topar com a morte e ludibriar o seu poder inebria mais do que todos os vícios juntos.

Enquanto os flocos de neve caem, gasto meu tempo vadiando pelas barracas. Devoro as guloseimas nepalesas compradas em Katmandu, me empanturro com a cozinha tibetana, mando a autodisciplina às favas. Trouxe diversas *Seleções* da *Reader's Digest,* troco-as com os cozinheiros das expedições vizinhas. Adoram as revistinhas, eu mais ainda o *momo,* um pastelzinho feito com carne de iaque frita. Regado a chá com leite, ajuda na adaptação à altitude.

Gosto muito da comida sherpa, especialmente do tradicional *dal bhat tarkari,* prato feito à base de arroz branco (*bhat*), da picante sopa de lentilha (*dal*) e dos legumes cozidos (*tarkari*) servidos numa única bandeja. O arroz, principal alimento no Himalaia, é rico em aminoácidos, e a lentilha, uma leguminosa com grande poder remineralizante. Gosto também do *chapati,* o popular pão do subcontinente indiano. Preparado sobre uma pedra incandescente, para a farinha ficar tostada, transforma os amidos em dextrinas e aumenta o poder de digestão e de assimilação.

Os sherpas preferem comer *tsampa*. O Khumbu é considerado a terra do verdadeiro *tsampa*. Tem um solo apropriado para a plantação da cevada negra, mais nutritiva do que a branca, cultivada nas regiões mais baixas do Himalaia. Sherpas e tibetanos reverenciam a cevada negra acima de qualquer outro grão.

Apenas ela é considerada pura o suficiente para ser oferecida aos deuses. Estamos perto do monte Cho Polu, a montanha habitada pelo deus sherpa da cevada. A farinha pode ser comida pura ou dissolvida numa pasta para ser mastigada. Ou misturada com *solja*, um chá com manteiga salgada, para fazer um gorduroso *porridge*.

Além da *tsampa*, meus amigos nepaleses adoram o *chang*, uma cerveja densa e doce, feita de arroz e painço. Com elevado teor alcoólico, nunca me passou pela cabeça beber tal fermentado nestas altitudes. Provara uma vez em Katmandu e passara o resto da noite com dor de cabeça. Mas eles, acostumados com a escassez de oxigênio e o excesso de álcool, entornam copos e mais copos com a maior naturalidade.

Misturo a comida com os dedos e como com a mão direita, dispensando talheres. São alimentos sagrados. Tocar com algo além do corpo humano seria uma profanação, por isso não usam garfos, colheres ou facas. Como manda a etiqueta, cuido para não usar a mão esquerda, ela é considerada impura pelos nepaleses. Pemba, nosso cozinheiro, gosta de conversar sobre as coisas simples da vida, tem me ensinado muito sobre os sherpas.

Há séculos, pastores nômades tibetanos, fugindo dos violentos exércitos chineses e mongóis, cruzam o Himalaia com seus rebanhos de iaques. Os primeiros se estabeleceram no Khumbu. O vale é um dos quatro lugares sagrados citados pelo Guru — Lama, na língua tibetana — Rimpoche, o fundador do lamaísmo.

Como *shar*, em tibetano, significa leste e *pa* significa povo, esse povo, vindo do leste, passou a ser chamado de sherpa. Virou sobrenome comum a todos eles. Costumam também dar aos filhos o nome do dia da semana em que nascem: os Pemba nasceram num sábado, os Nima, num domingo. Ang significa jovem, também muito comum.

Protegidos pela cordilheira, ao norte, e pelos quase intransponíveis cânions, ao sul, eles mantêm seus hábitos e costumes imutáveis. Falam uma língua que nem os moradores do Tibete entendem, e preservam as mais tradicionais crenças budistas do mundo.

Os dias estão cinzentos e frios, o vento zune sem parar, balança as barracas e quase arranca as bandeirolas de orações dos mastros. As tempestades vêm acompanhadas de raios e granizo. Raros são os dias claros e ensolarados, sem nuvens e sem vento. Quando acontecem, colocamos os sacos de dormir ao sol e o acampamento fica todo colorido.

Passamos as horas estirados, admirando a paisagem desolada. Gerd adora conversar, sempre há algumas pessoas ao redor, os mais jovens querem ouvir suas histórias, os mais velhos discutem sobre equipamentos, as últimas tecnologias do montanhismo. Ele trabalha para uma empresa de Frankfurt e seguidamente traz novidades para testar.

Dá gosto vê-lo entre um emaranhado de roupas sintéticas, cordas, botas, grampões, piquetas, bloqueadores, parafusos de gelo, fitas, polainas, cadeirinhas, luvas, meias, cordeletes e tudo o mais; uma parafernália sem fim. Fico imaginando como deve ser a casa dele, cheia dessas tralhas pelos cantos.

Bob gasta os dias meditando. Adora pronunciar o interminável mantra *Om mani padme om.* Incrível como alpinistas ocidentais, frios em suas técnicas de escalada, se deixam envolver pelas questões místicas. Neste lado da cordilheira, então, o budismo tibetano arrebata corações e mentes de muito gringo rebelde. Gente boa, só um pouco ingênua.

Durante esses dias compridos, além da leitura, me delicio com música, Elis Regina e John Lennon são minhas companhias mais freqüentes. Em minha passagem por Londres comprei alguns CDs, entre eles, uma nova edição de *Walls and Bridges.* Gravado quando Lennon estava separado de Yoko, o disco revela as angústias de um homem desorientado.

Volta e meia nos vem à mente a incômoda lembrança de que não estamos passeando, mas numa árdua tarefa, uma missão imposta a nós mesmos. Somos juízes do nosso destino, e isso só aumenta a responsabilidade. Por isso, este descanso, embora previamente planejado e da maior importância, nos deixa com a sensação de férias não merecidas.

Acaba de chegar uma notícia ruim. Brian Toney, líder de uma expedição norte-americana, veio contar que estava na barraca, no Acampamento III, quando um sherpa foi pedir ajuda; um dos carregadores passava mal. Brian mandou colocarem o rapaz num saco de dormir, dar oxigênio, controlar a temperatura, tomar bastante água.

No dia seguinte o sherpa acordou bem, parecia normal. Levantou e desceu até o Acampamento-base, uma caminhada bem puxada. Reconheci-o na chegada, já havia trabalhado para mim numa temporada anterior. O rapaz passou a tarde tranqüilo e à noite foi colocado para dormir numa barraca da sua expedição. Pela manhã foi encontrado morto pelo cozinheiro.

Caso tivesse dormido com oxigênio, estaria vivo. O grotesco dessa morte foi o garoto perder a vida após chegar ao lugar mais seguro da montanha. Morreu ao lado de uma expedição italiana com dois médicos e rodeado de garrafas de oxigênio.

Existem muitas expedições, mas os cronogramas não coincidem, cada líder tem a sua filosofia sobre condições climáticas e tempos de aclimatação. Estamos espalhados ao longo da montanha, parecemos bolinhas coloridas de Natal enfeitando um pinheirinho coberto de neve. Isso é bom, não congestiona nenhum acampamento.

Hoje acordei cedo, mas não levantei. Fiquei enrolado no saco de dormir, esperava a aurora perpassar o náilon alaranjado para dar sinal de vida aos companheiros madrugadores. Bob meditava, Gerd desfazia a mochila feita no dia anterior. O acampamento está fervilhando, as esperanças são grandes.

Exceto pelos pequenos incidentes, todos dentro do previsível, a normalidade impera. Os sinais indicam que nesta temporada as expedições farão um passeio tranqüilo até o topo. Na volta do cume enviarei novo depoimento, contando um pouco da nossa vitória.

Cláudio Montenegro

GELEIRA KHUMBU, ACAMPAMENTO-BASE DO EVEREST
5.400 metros de altitude

PEPE:

Por onde anda, meu velho? Saudades do amigo. Vivemos algumas semanas tão intensas no Himalaia, não devíamos ter deixado a distância nos separar. Espanha e Brasil não ficam longe, nem estamos mais na época das caravelas. Ah, tempos modernos, este é o problema.

Voltei ao Everest, escrevo do Acampamento-base. Desta vez conseguirei, estou bem motivado. A primeira tentativa foi um erro, novatos não deveriam integrar expedições comerciais. Conheci há poucos dias um dentista belga em situação semelhante à minha naquela temporada. Está decidido, tem boa técnica, mas parece perdido em meio a tantos parceiros. Não se adquire confiança sendo apenas mais um num imenso grupo.

Nossa tentativa foi diferente. A expedição era pequena, sua estréia aconteceu em circunstâncias bem mais suaves. Eu estava na montanha pela segunda vez, fizemos uma boa corda-da. Teríamos ido longe, talvez atingido o cume, não tivéssemos parado para salvar o rapaz. Perdemos a única janela favorável na temporada, descendo, enquanto os demais subiam.

Paguei caro pela decisão. Não cheguei a contar a minha família o motivo da desistência, não acreditariam. Não se joga tanto dinheiro pelo ralo. Como explicar que abandonei a escalada para socorrer um estranho que acabou morrendo? Talvez tenhamos sido ingênuos, não sei. Não o culpo, concordei com você de imediato, na hora também me pareceu a melhor decisão.

Desde então muita coisa mudou na minha vida. Chateado com aquela desistência, parece que as vitórias não haviam sido feitas para mim, decidira abandonar o montanhismo. Não tinha saúde mental para nova derrota. Meu pai havia me acusado de não ter habilidades nem para vencer os obstáculos por mim definidos, opinião compartilhada por minha mulher, ambos com alguma razão. Depois de muitas idas e vindas, eu finalmente havia me separado. Segui seu exemplo. Meio forçado, mas foi o que fiz.

Muitas vezes pensei no divórcio, mas essa questão vinha acompanhada por um sentimento de culpa, não queria ser responsabilizado por tão drástico rompimento. Havia os filhos, e a situação foi se prolongando até Helena tomar a iniciativa, bem ao estilo dela: separação já! Faz menos de um ano. Vivi os últimos meses aborrecido pelos cantos da cidade, nem os amigos procurava.

Rompera de vez com meu pai, abandonando o cargo corporativo que ainda mantinha nas Organizações Montenegro. Helena e as crianças continuaram morando em nossa cobertura, eu me transferi para um flat na beira da praia. Havia sido apenas uma partilha simbólica, nada de oficial, aquele limbo de provisório-permanente. Por fim mudei para um quarto-e-sala no centro da cidade, bem longe do conforto em que sempre vivi, a porcelana trocada por copos feitos de potes vazios de molho de tomate.

Certa vez, vi um filme em que o Super-Homem girava o planeta ao contrário, fazendo o tempo voltar para salvar a namorada. Caso tivesse esse poder, quem eu salvaria? O que eu mudaria? Não tinha respostas para essa possibilidade, e isso me atormentava. Doía a inutilidade da vida, deixar o mundo escapulir por entre os dedos sem a menor vontade de interferir em seu andamento.

Gastava minha vida com pessoas estranhas em bares da periferia, escolhidos exatamente para não ser reconhecido. Sentados em cadeiras vacilantes, ao redor de mesas encardidas, entabulávamos conversas pastosas, histórias que principiavam e se perdiam no vai-e-vem do garçom, tão inconclusas quanto nossas fugas do mundo real. Sobravam apenas as ressacas; na boca o gosto amargo das madrugadas depressivas.

Descuidei da alimentação, algo impensável em outras épocas. A melancolia havia me conduzido a uma letargia contagiosa, vivia um bocejo após o outro. Passava os dias desinteressados, esperando a noite chegar. Animava-me apenas as noitadas nos bares impregnados de cheiros viscosos e gente grudenta, exaustas de si mesmas. Os ruídos de copos quebrados e as risadas grotescas disputavam o ar com a fumaça dos cigarros. Comecei a fumar, não havia mais ninguém para agredir.

O sexo se limitava às garotas anônimas, umas adoráveis vigaristas. Com seus ares de precoce banalidade, viviam me sugando dinheiro. Silhuetas planas desprovidas de afeto ganhavam mais do que mereciam. Meu amigo, a vida desprovida de paixão fica muito rasa.

Cogitei em me enfurnar na minha cabana, eu e Helena passamos lá nossos melhores dias. Ficava num lugar muito bonito, costumávamos visitá-la no inverno. Mas ela lembrava minha mulher em cada um dos seus aposentos. A antiga idéia de pôr fim a esta existência voltava a rodear minha cabeça, mas a falta de coragem me deixava ainda mais deprimido.

Todos os projetos de juventude estavam se esvaindo com o passar dos anos, meus sonhos juvenis soterrados pela realidade adulta. Talvez vivesse a crise da meia-idade, não sei. Enfim, não podia negar: a vida tinha perdido todo o seu encanto. Ter êxito não era algo que me preocupasse naquelas semanas sombrias, havia desistido de ser amado.

Cheguei a pensar, que loucura, em procurar minha primeira namorada, com quem tivera uma profunda e conflituosa relação na juventude. Havíamos rompido quando mudei para os Estados Unidos — ela, sabiamente, era contra —, sem o devido tempo para as tradicionais juras de amor eterno e os planos de uma retomada feliz. Agora ela me voltava, mais uma ilusão. O tempo devia tê-la desfigurado tanto quanto a mim. Melhor deixá-la no passado, imagens de amor não envelhecem. Nunca teria coragem para dar um desfecho nessa história.

Estava assim quando recebi um e-mail de Bob convidando para me juntar a eles no Chomolungma. Lembra do americano budista? No princípio relutei, estava fora de forma e psicologicamente desmotivado, o emocional, aos retalhos. Minha mulher não ligaria, havia passado da fase em que se preocupava comigo, mas seria mais um motivo de desespero para minha mãe, sem pensar nos filhos, eram pequenos. Passaria a vê-los ainda menos.

Tinha dúvidas técnicas, além disso. Se no auge da força física não conseguira, o que me levaria ao sucesso agora? As derrotas ainda esvoaçavam em meus pensamentos. Caso aceitasse o convite, deveria assumir um compromisso comigo: não voltaria com mais um fracasso, não suportaria tamanha humilhação. Seria a última chance, deveria apostar tudo.

Os riscos seriam grandes, mas o entusiasmo juvenil de Bob, expresso num telefonema na semana seguinte, acabou me convencendo a acompanhá-lo nesta expedição. Lembrou que das vezes anteriores eu não passava de um jovem egoísta e arrogante. Agora, maduro, estava na idade certa para vencer um desafio como este, mais psicológico e emocional do que físico.

Iremos até o fim, prometeu. Concordei aos poucos. Escalar com um dos melhores guias do mundo fazia sentido, minha grande oportunidade. Ele também ficou alegre. Voltaria ao Chomolungma com os amigos e não a trabalho de alguma expedição comercial, como sempre fez.

Convidei um amigo brasileiro. Marquinho era um grande alpinista, escalara as principais montanhas dos Andes e sonhava com o Himalaia. No ano anterior tinha feito o cume do McKinley, estava em forma. Infelizmente não conseguiu patrocínio a tempo de me acompanhar. Ofereci um empréstimo, mas ele não aceitou, temia não poder pagá-lo.

Voltei aos treinamentos, recuperei a auto-estima, andava feliz. No princípio fui movido mais por um desejo de vingança, admito: derrotar os que me haviam acusado de ser um derrotado. Mas essa preocupação boba passou tão logo nos reunimos em Katmandu. Eu estava novamente a caminho do Everest, e isso me bastava. Você entende.

Sempre houve uma grande descontinuidade entre o meu monótono trabalho de executivo mal-humorado e o mundo encantado das montanhas. Não fazia sentido conversar sobre geleiras com meus colegas na empresa, menos ainda falar com os alpinistas sobre as novas técnicas de endomarketing. Nunca soube lidar adequadamente com essa situação, embora a transição para o Himalaia seja mais suave do que a volta para o escritório no final da temporada.

Não é a primeira vez que piso nestas montanhas, mas sempre regresso como um calouro. Tudo por aqui é movediço, a cada ano os desafios se renovam, cheios de atrativos e armadilhas. Lidar com o desconhecido é realmente encantador, e as montanhas são o melhor lugar para colocarmos em prática o nosso lado selvagem.

A data escolhida também é emblemática. Pretendemos chegar ao cume no aniversário da conquista do Everest. No dia seguinte estarei de *cumpleaños*, outra boa coincidência. Sempre recebi muitos presentes, quinquilharias sem o menor sentido. Quem sabe não ganharei um presente realmente significativo? Acho que mereço, algo me diz que chegou a minha vez.

Chamam para o almoço, aqueles *momos* que você também adora. Na volta passarei em Barcelona para abraçá-lo, tomar um vinho e ver as fotos.

Abraços,

Montenegro

BORDA SUPERIOR DA CASCATA DE GELO, ACAMPAMENTO I

6.100 metros de altitude

MEU FILHO:

Tenho pensado em nossas brincadeiras tão divertidas. Os dias nestas montanhas são curtos, as horas passam depressa. Os acontecimentos vão se sobrepondo, quando percebemos, semanas já se passaram. Para matar a saudade, vou contar uma história, a história do Yeti, um ser peludo sem igual em todo o planeta, o mais arisco dos bichos.

Ele vive nos jardins do Himalaia, tão forte que pode quebrar o pescoço de um iaque, mas nunca fez mal às pessoas. Tímido, precisa fugir dos homens. O que não é de se estranhar, os humanos quase sempre maltratam os outros animais.

Há muito se fala dele, mas de forma concreta faz pouco tempo. Quando os alpinistas começaram a vasculhar a região em torno do Everest, eles encontraram, espalhadas pela neve fofa, gigantescas pegadas de um estranho animal. Os sherpas sabiam o nome do bicho: homem-urso dos campos nevados. Apelido: Yeti.

Muitas pessoas viram seus rastros, mas ele nunca apareceu. Por certo, gosta de brincar de esconde-esconde com os outros. Só podia ser um urso; eles são brincalhões. Dizem que se trata de um gigante com aparência humana. Cabeludo, às vezes amarelo, às vezes preto, tem pés enormes e cheira a alho e ovo podre.

E, mais importante: tem poderes sobrenaturais, como se tornar invisível quando ameaçado, prova de que ele é danado de esperto. O rei do Nepal, um soberano muito bom, assinou uma lei proibindo sua captura.

Uma vez, perto de uma aldeia, cinco iaques foram encontrados com os pescoços quebrados. Uma menina, escondida atrás de uma árvore, viu a cena. Ela contou aos pais que o bicho tinha pêlos curtos e castanhos.

A polícia, chamada para resolver o problema e acabar com a crença popular acerca do estranho animal, constatou que as pegadas eram similares às fotografadas pelos alpinistas muitos anos antes. O povo festejou, o bichão continuava vivo.

Se não era o mesmo, poderia ser o filho dele. Os yetis tiveram muitos filhos, todos no Himalaia. Durante uma expedição me aproximei de alguns sherpas, num acampamento no vale Khumbu, e perguntei se algum deles já tinha visto o Yeti.

Apenas um velhote falou. Explicou que se eu estava à procura do bicho, talvez o encontrasse. A dúvida era a forma como o danado apareceria. O velhinho tomava um copo de chá com leite de cabra acocorado sobre os calcanhares, como as pessoas desta terra costumam ficar.

Diante da minha surpresa, explicou que alguns montanhistas descobriram, no meio da noite, pegadas em torno das barracas. Tentaram segui-las mas foram intimidados por gritos horríveis e abandonaram a escalada. O Yeti os espantara porque não eram sinceros: queriam caçá-lo para ficarem famosos.

A lenda do Yeti continua viva entre o povo sherpa, mas uma coisa é certa: com a contínua expansão dos humanos em direção às áreas selvagens, ele deve ter fugido para muito longe ao sentir-se ameaçado. Ou então se tornado invisível para sempre, pois já deu para notar que bobo ele não é.

Quando eu era criança como você, li num livro que nem todas as coisas existentes no mundo estão disponíveis aos nossos olhos. Muitas vezes, as que realmente interessam podem ser vistas apenas pelo coração.

Sem gastar um único centavo extra nesta viagem, encontrei o Yeti, este ser surpreendente. Ele tem o extraordinário poder de povoar os sonhos das pessoas mais sensíveis com suas histórias fantásticas, liberta nossas fantasias. Cada pessoa tem, em algum recanto da mente, seu Yeti.

Basta deixá-lo vir à tona para a vida ficar mais bela. Quando você vier para o Himalaia, como eu, também conseguirá descobrir o Yeti. Não o meu, mas o seu Yeti. Vão tentar dissuadi-lo, mas não desista dele, meu querido, você tem o direito de encontrá-lo.

Um beijo do pai-yeti,

Papi

VALE OESTE, ACAMPAMENTO II — ACAMPAMENTO-BASE AVANÇADO

6.500 metros de altitude

ZÉ EVARISTO:

Você exigiu, então aqui vai a prova da minha estada no Everest. Espero que agora acredite, estou mesmo escalando esta montanha. Você vai gostar do relato, a história de um colega seu. Estou acompanhado por dois amigos: um gringo e um alemão. Vê se aprende um pouco com eles e larga essa de só reclamar da vida. Mostre para a turma, especialmente ao Japa, aquele garçom metido.

Nas primeiras horas da escalada fomos acompanhados por um fotógrafo escocês, Peter, um tagarela a serviço do *Daily Mirror*. Primeira experiência dele no Everest, queria fazer fotos sensacionais, virar celebridade em Londres. Logo despertou a antipatia de Gerd, que detesta oportunistas.

Achei o trabalho do jornalista revoltante, mas o cara não se deixou abalar. Para ele, quando um grande acidente acontece todo mundo se interessa. Os jornais vendem mais, as televisões ganham audiência. A desgraça alheia reaviva as pessoas, o mundo comum se enche de cores, tem-se assunto. A mediocridade da vida pessoal de cada um ganha contornos épicos. Todos discutem, estão vivos.

Não dava para negar: o rapaz estava motivado. Repórteres, quando cismam com algo, não há força que os segure. Pobre de quem estiver na mira dessa arrogância. Queria ver o contrário, um de vocês na situação de vítima.

Gerd lembrou que o Sagarmatha costuma engolir os despreparados, e o garoto continuar seria um erro colossal, arrogância pela qual poderia ser punido. O alemão desprezava, acima de tudo, a tagarelice excitada e o palavrório inconsistente do sujeito. Mais lento, logo ficou para trás, atrapalhado com as câmeras. Bob tentou ajudar, mas o cara nos atrasava, e Gerd mandou que voltasse, estava ressabiado com esse tipo de impertinência.

"O Dalai Lama crê na bondade humana", Bob disse para Gerd, meio contrariado com a rispidez com que o alemão dispensou o rapaz. "O Dalai Lama é um religioso, vende esperanças", Gerd se limitou a comentar, olhando para mim. Esperava um aceno de confirmação. Movi a cabeça num gesto afirmativo, provoquei um rápido sorriso na sua face geralmente séria.

Às vezes nos uníamos para questionar Bob, mas ele não caía nas provocações, e a brincadeira se dissolvia no azul diáfano do Himalaia. Mais raro, invertíamos a situação, quando a escalada ficava monótona. Juntava-me a Bob para colocar à prova o ateísmo de Gerd, assunto para horas e mais horas de caminhada. Para vê-lo perder a compostura, o acusávamos de calvinista.

A presunção de que o sucesso na vida profissional era fruto da predestinação divina, sinal de que fora escolhido por Deus, o fazia perder o controle. Nessas ocasiões, raríssimas, seu corpo enrijecia, e o pomo-de-adão projetava-se ainda mais. O cabelo loiro, cortado à escovinha, realçava o avermelhado do rosto, e a pele enrugada pelo sol das montanhas se contraía em pequenos espasmos.

Dava para sentir a adrenalina percorrer as veias. Soltava descargas elétricas, fazia vibrar todos os músculos do seu corpanzil. Acostumado aos ambientes hostis, esses momentos de estresse, capazes de levar os menos experientes a possíveis acidentes, o faziam curtir ainda mais os desafios.

Argumentava com inteligência na defesa dos mais variados assuntos, mesmo se tomasse partido apenas para nos espinhar com frases afiadas. Tinha um gostinho especial por se posicionar contra qualquer opinião, antevendo o prazer de sentir o cérebro em trabalho. Falava esperando pela objeção. Aceitava pôr-se à prova, melhor maneira de aprimorar as convicções.

Como Gerd respeitava a inteligência de Bob, sabia que sua capacidade para resolver problemas evoluía sempre que o americano o sacudia. Discutir com eles era garantia de elaborados debates, filigrana intelectual capaz de me lembrar que a vida não se resumia a enterrar a perna na neve até a altura do joelho, engolir comida insossa e praguejar contra as avalanchas.

Quando o acusávamos de heresia, provocava: "A religião é fruto da arrogância dos seres humanos, incapazes de admitir que suas vidas tenham fim. De todas as hipóteses rolando pelo mundo, e são muitas, a mais improvável é a que prega a existência de Deus." Para Gerd, as religiões se desmentem. Fiquei com a sensação de que se existia alguém errado neste grupo era justamente eu. Deve ter sido o olhar dele, sempre crítico ao meu sincretismo.

Resolvi entrar no assunto. Perguntei como explicava o mundo antes do Big Bang, ele defendia essa tese.

Fomos surpreendidos por um estrondo. O Jardineiro jogava seus dados, a sorte de alguém se definia. Não há para onde fugir, o solo afunda em volta — ou embaixo, tanto faz — das solas dos nossos pés. Os mais assustados se esparramam, os veteranos esperam o resultado da jogada. As vidas não dependem do que façam, nada mais é possível; mas de como os dadinhos rolarão ao sair do copo. Como em todo jogo, resta torcer pelo melhor resultado.

A mão selvagem do inumano entrou em ação. Pouco abaixo um dos seracos desabava, provocando uma avalancha. O peso da neve fez a geleira ceder, tudo afundou. Na nova cobertura de gelo, formada a partir dos nossos garrões, não se avistava mais uma das cordadas da expedição argentina que nos seguia.

Gerd lembrou que deveriam ser profissionais, gente acostumada a enfrentar esses desafios, provavelmente veteranos do Aconcágua. Estariam a salvo e logo seriam resgatados pelos colegas; outra cordada marchava para o local. Os guias haviam cobrado uma fortuna para levá-los ao topo; que trabalhassem.

Nada podíamos fazer além de cogitar sobre as habilidades dos *hermanos* em salvar-se; uma enorme fenda nos separava. "Se fosse o seu amigo fotógrafo", Gerd falou para Bob, "não teria a menor chance de escapar." O gringo não gostou da comparação, pude sentir, mas continuou calado, concentrava-se na greta que se abrira.

Ao regressar, cruzaríamos por ela, sabe-se lá como. Imagine você indo para o trabalho por uma rua e na volta utilizar outra porque aquela não existe mais. Assim são as trilhas nesta montanha. Às vezes acho que vocês tinham razão, isso aqui é coisa de maluco mesmo.

Estávamos longe do objetivo, nem chegáramos à parte mais difícil da escalada, e já haviam acontecido tantos problemas. Na transparência do ar, no reflexo branco e ardente das geleiras, ora ensolaradas, ora cobertas por uma brisa de cristais, na descida das águas inocentes e no farfalhar das minhas passadas no chão platinado, em tudo que me rodeava, eu sentia uma presença incômoda.

Abaixo, o grupo de socorro nos fazia sinal, estavam bem. Bob suspirou aliviado, Gerd se limitou a sorrir, eu dei graças a Deus. Não agüentava mais, meu ânimo estava sendo corroído por esta temporada tão desastrosa, sentia uma ânsia perturbadora. Por sorte, ou por desígnio de alguém acima da nossa compreensão, a ignorância nos protege do futuro, permite marcharmos para o precipício sem sofrer a dor antecipada da tragédia. Por ora, melhor me distrair com a conversa dos mais experientes.

"Antes do Big Bang", Gerd recomeçou (dirigia-se a mim, como se nada tivesse acontecido, e naquele tom professoral que tanto me constrangia), "existia algo homogêneo e estável, uma singularidade inicial. Estável, exceto pela probabilidade ínfima de sofrer uma perturbação quântica. Foi o que ocorreu. Essa flutuação precipitou o Big Bang e a criação do cosmo, com tudo o que veio depois, inclusive nós. Como acabamos de ver, isso se repete a toda hora."

"O que havia antes?", insisti. "Não havia nada", ele disse. "Não havia o tempo. O tempo é uma medida de transformação da matéria." Não havia o tempo. "O que provocou a primeira oscilação nessa tal singularidade inicial e criou o Universo?" Era Bob, meus argumentos haviam acabado.

"O mero acaso", respondeu Gerd. "Se no budismo todo efeito é fruto de uma causa, o mesmo não ocorre na física quântica, lá não existe carma. Um elétron pode mudar de lugar num átomo pelo simples acaso, sem nenhuma intencionalidade, seja inteligente ou divina. Somos frutos do acaso, não há um sentido oculto por trás desse movimento. O lado negro da força, e o seu oposto, só existem no cinema, esqueçam."

"Querer ordenar o caos é a coisa mais inútil do mundo", continuou Gerd. "Para nós, humanos, existe apenas esta vida, e já é muito. Se vocês querem dar um sentido extra, dêem beleza ética, façam a honra valer mais do que a lei, assim se justificarão perante vocês mesmos. Caso precisem idolatrar algo, apreciem a harmonia da natureza. A beleza se justifica por si, não é necessário outra razão para ela existir. Nem nós. Esse é o sentido da vida."

Bob parou de caminhar e se virou para mim. Nada falou, nem foi preciso. Gerd estava parado, atrás de nós, esperava objeções, uma simples deixa para continuar, havia notado nossa insegurança. Esperei um pensamento de Buda, mas Bob veio com algo racional: alegou ser mais difícil acreditar no acaso do que em Deus. Se fosse para acreditar em alguma hipótese, preferiria acreditar numa divindade superior.

Pegou a coisa, Zé? Fiquei matutando sobre a necessidade que temos de explicar tudo ao redor, essa ânsia arrogante de querer entender todas as situações. Seria bem mais fácil aceitar as coisas, e pronto. Você não acha? Gerd se contenta com o acaso para explicar o mundo, Bob aceita que Swayambhu é um Buda autogerado, como explicou em Katmandu diante da grande estupa. Para os hindus, Brahma foi autogerado; para os cristãos, Jesus foi concebido pelo Espírito Santo.

"O que diferencia os humanos dos outros animais", continuou Gerd, quebrando o silêncio, "é a consciência. A partir do momento em que os humanos tiveram noção da própria existência, passaram também a ter consciência da sua finitude. Dessa necessidade surgiu a fé, a crença em algo que prescinde de qualquer comprovação, uma consoladora ilusão."

Bob lembrou que bons atos desinteressados têm tanto valor para quem os recebe quanto para quem os pratica, e isso, por si só, justificaria a bondade humana. Gerd acredita que Bob realmente ajuda as pessoas de forma desinteressada, mas ele é apenas a exceção para comprovar a regra. No mundo de Gerd, dividido entre os céticos e os cínicos, há pouco espaço para os cândidos, e Bob é uma dessas raras pessoas.

"A bondade humana", insistiu o alemão, "nada tem a ver com religião. Os melhores impulsos humanos evoluíram naturalmente, pelo mesmo mecanismo da seleção natural que produziu a linguagem. A tolerância, a generosidade e a solidariedade, nossos três maiores valores, surgiram e se desenvolveram quando vivíamos em pequenos bandos na savana africana, e a sobrevivência dependia de cooperação. Como nesta montanha."

Para Gerd a verdade pode ser alcançada principalmente pela razão, ao contrário de Bob, para quem a busca da verdade precisa amparar-se em nossas experiências sensoriais. O ser humano compõe-se de duas substâncias, corpo e mente, acredita Gerd. Unidas, formam um ser único, completo, centro do seu universo, responsável direto por tudo que acontece a si e ao seu redor. Ele não costuma dividir suas vitórias nem culpar os outros por seus fracassos.

Para Bob, ao contrário, cada ser humano é apenas um fragmento de Deus, algo que se corrompeu ao encarnar. Por isso, ambicionamos a união ao ser único novamente. Quando os nossos espíritos estiverem purificados não precisarão reencarnar. Eles se fundirão ao criador e os sofrimentos desaparecerão.

Conversávamos para espantar o tédio, desviar a atenção dos perigos constantes. Nossos músculos não resistiriam a uma tensão contínua. Preenchíamos nossas mentes com outras preocupações além da iminência constante da morte. Nisso meus amigos são mestres. Imagine encontrá-los numa mesa de bar, altas horas.

Ah, encomendei em Katmandu algumas garrafas de *chang*, levarei para vocês. Cerveja das boas, quero ver quem se garante. Contarei mais histórias, aprendi muitas nestas semanas. Agora, tenho certeza, vocês vão acreditar.

Volta e meia precisávamos suspender a conversa, prestar atenção nas mudanças repentinas do tempo, na cor falseada de alguma parede de gelo, na neve mais fofa ou mais dura. Escombros de rochas em lugares inadequados eram sinais para redobrarmos os cuidados, fragmentos de seracos recém-partidos acendiam as luzes da precaução.

Neste caos delirante nada acontece por acaso, como Gerd pensa. Tudo tem um antes, e se tem um antes logo terá um depois. Conhecer o movimento passado significa prever, ou pelo menos cercar, os próximos passos da geleira. Caminhávamos apalpando, examinávamos cada sombra, cada raio de sol, cada fiozinho de água, cada poça congelada. Auscultávamos os sons por trás das vibrações, rastreávamos os sinais deixados no tapete fiado pela natureza. Dos próximos movimentos desse tabuleiro, no qual as peças podiam ter sido deslocadas havia meses ou no dia anterior, dependiam nossas vidas. Não tínhamos poder para movimentá-las, nem era esse o objetivo, isso cabia ao Jardineiro. Antecipando suas jogadas poderíamos nos esquivar das rainhas, dos cavalos e dos peões. Evitávamos, ou pelo menos retardávamos, o xeque-mate capaz de abortar o verdadeiro desafio: nós contra nossas limitações.

Algumas vezes simplesmente parávamos, imóveis, olhar enternecido, apreciando a calmaria. O silêncio, como deveria ter sido no instante da sua Criação, envolvia-nos de tal forma que nossas mentes submergiam no vácuo. Apenas a sombra das pedras, dissimulada, se movia.

Nesses momentos, era preciso preencher o vazio com passadas rápidas, saltos ágeis e conversa-fiada, retomar o controle da realidade. Estamos de passagem, pretendemos subir e descer, chegar e voltar, de preferência sair; nunca fundir-nos com a natureza indolor destas branquidões.

Meus amigos, meu caro Zé, são dois homens apaixonados pelas próprias opiniões, procuram viver de acordo com elas. Opostos, eles se complementam. Ouvi-los, nessas ocasiões, é uma dádiva dos céus límpidos do Himalaia. Seguidas vezes paro em meio ao caminho para rabiscar, na caderneta de bolso, algumas frases ditas por eles. À noite, dentro da barraca, ao uivar do vento ou ao crepitar do fogo, transcrevo as anotações para o meu diário. Reler esses trechos expande meu saber, assimilo um pouco dessa sabedoria moldada pelas situações-limite da vida.

Os argentinos haviam sobrevivido, mas provavelmente outros tantos morreriam na tentativa de vencer os setecentos metros de desnível da Cascata de Gelo. Esses corredores, com suas altíssimas paredes, desprovidas de qualquer senso de proporções, na sua eterna falta de misericórdia, estão em constante movimento, sempre à espreita de uma nova presa, alguém que afunde na própria ânsia de viver.

O Acampamento-base avançado está bem estruturado. Temos barraca-refeitório e banheiro de lona, um luxo numa altitude destas. O lugar está abrigado do vento, longe das paredes de gelo e sem riscos de avalanchas. Apesar do ar rarefeito, deu para relaxar. Acostumamo-nos, aos poucos, a conviver com os perigos, animais adaptáveis ao ambiente externo. Corrói-nos, muito mais, as angústias que os medos.

Dormimos algumas noites. Aproveitamos os dias para fazer pequenos passeios a pontos mais altos da montanha. Temos um cozinheiro, Pemba Sherpa, à disposição, desobrigando-nos de passar o dia derretendo gelo para fazer chá ou reidratar os alimentos. É curioso como esses pequenos luxos nos fazem um bem enorme. Poder descansar enquanto os outros trabalham coloca o mundo em ordem.

No último dia a tranqüilidade foi interrompida por um vento inesperado. A brisa ganhou intensidade, despertou a montanha. Pequenas lascas de gelo começaram a se desprender das partes íngremes, à direita. A maldição não tardou. Rodopiava em volta dos picos aplainando as hastes mais agudas.

As barracas ficaram isoladas umas das outras, receávamos o pior. Eu gritava, para ganhar coragem, despertando gostosas risadas dos parceiros. Pouco ligava. Ouvir minha voz me reanimava. Os ribombos dos órgãos em choque ao redor eram capazes de incutir medo na alma do mais corajoso dos homens. Esqueça as tempestades que você conhece, falo de outra realidade.

O anunciado aconteceu: um sinistro estalo seco, como se um deus poderoso tivesse partido o Himalaia. Fugimos para fora das barracas a tempo de ver uma gigantesca placa de gelo se despregar da parede superior do Nuptse e descer, numa velocidade descomunal, em direção ao fundo do vale. O glaciar imprimiu um rastro de destruição pelas centenas de metros verticais da encosta, o barulho abafou o ronco do vendaval; a cordilheira vibrou.

Lá embaixo meus olhos viram três pontinhos coloridos disparando em direção ao lado oposto do Nuptse, correndo para a encosta do Everest. Um deles caiu e imediatamente foi envolto pela nuvem de cristais de gelo. Os outros desapareceram na bruma. Ao atingir o fundo inclinado do vale, a avalancha se desmembrou numa centena de pequenos deslizamentos, formando um cogumelo pelo qual os alpinistas foram colhidos.

Fiquei paralisado na angústia da impotência. Bob falou qualquer coisa sobre resgate, Gerd mandou esperar. Permanecemos imóveis, respiração presa, sem conseguir tirar os olhos do local onde os alpinistas foram derrubados pela onda de gelo. Apesar do frio insuportável, senti o corpo febril, os músculos sofriam convulsões involuntárias. Os intestinos se reviraram, tive cólicas terríveis, quase desabei. Diante da tragédia, voltei a duvidar das minhas aptidões para este tipo de esporte. Mas não somos apenas lamento, não adianta. Passado o susto, voltamos a nos expor ao perigo.

Os cristais foram se acomodando, e pudemos ver os sortudos caminharem em nossa direção. Relaxamos. Bob emitiu um longo suspiro de alívio, Gerd deu uma sonora gargalhada, incapaz de se intimidar diante da animosidade do Big E. Parecia desdenhar dos horrores alheios, mas não era por mal: muitas vezes vi ele rir das próprias desgraças. Algo nele é inquebrantável, ou pelo menos aparenta ser.

Nós nos abraçamos, comovidos, felizes com o insólito desfecho do que já nos parecia uma tragédia. Nossos colegas haviam escapado milagrosamente, foram atingidos apenas pela borda da avalancha. Cumprida sua funesta missão, o vento amainou e a cordilheira voltou ao silêncio. Celebramos com um pouco de chá, o espumante quente e sem borbulhas usado nessas ocasiões. Não faça cara de nojo, na volta pagarei um champanhe.

Fruto de algum pequeno descuido, o Jardineiro perdeu sua primeira batalha na temporada. Não creio que desista, mas aos poucos o estamos dobrando. A guerra não acabou, e as grandes guerras se fazem de pequenos confrontos. Por ora levamos vantagem. Até quando, não sei. Talvez nem ele saiba. Se Gerd tem razão, estamos nas mãos do acaso, a história está em aberto. Se Bob tem razão, nossos destinos já estão traçados.

Fomos nos espalhando pela montanha, cobríamos quase sua totalidade. Exceto a parte superior, estamos cada vez mais bem posicionados no campo de batalha. Todos aguardam o confronto final entre humanos e natureza, que se dará na Zona da Morte, lá nos confins do mundo. Gerd liderará contra o Jardineiro, o Olimpo agonizará sob os pés de um novo Zeus.

Os sobreviventes chegaram ao acampamento com uma expressão alucinada nos olhos, tão brancos quanto o gelo que quase os sepultou. Voltavam do mundo dos mortos, falando ao mesmo tempo, confusos por estarem vivos. Os relatos desconexos, intermináveis, feitos mais para acalmar os tremores, em nada refletiam as cenas que víramos lá embaixo.

O desastre fora o mesmo, mas os envolvidos — uns dentro da nuvem mortal, apavorados, outros do lado de fora, impotentes — tinham percepções bem diferenciadas do que seja morrer, do que seja viver. Para nós, eles venceram uma batalha; para eles, a guerra terminara, era hora de regressar. Neste Jardim há uma clara divisão entre os que vivem e os que vegetam, entre os que vencem a morte e os que se submetem a ela, morrendo por antecipação.

Quem caíra, dando-nos o primeiro susto, fora Peter, o espevitado repórter do tablóide londrino. Gerd perguntou se havia fotografado a avalancha, sua queda ou a fuga dos colegas, a tal foto capaz de tirá-lo do anonimato. Ele disse que na hora nem se lembrou da câmera, só pensou em fugir. O rapaz se deparara com a tragédia que viera buscar, mas na condição de vítima, não de testemunha.

Enquanto ele se aquecia no chá, diante do olhar indulgente de Bob, foi lembrado de que a vida é um dom divino, precisa ser merecida, não esquecesse a lição. Descansados, deram meia-volta. Londres os espera com uma cerveja gelada em algum pub de periferia, onde contarão suas vantagens a jovens de seios fartos e sardas no pescoço. Viveram a grande experiência de suas vidas, têm direito ao regozijo. Avise à turma, faremos o mesmo, mas antes preciso chegar ao cume desta montanha.

Eles desceram, desengonçados; nós subiremos, eretos. Peter e seus amigos encontraram seus limites, estão satisfeitos. Nós colocamos nossas ambições um pouco além, testaremos ao máximo nosso poder. Alguém dará o golpe final, estamos decididos a tirar a teima.

Esta é a história, assino embaixo. Caso você queira transformar o depoimento em matéria e vender a algum desses jornalecos marrons que você escreve, sinta-se à vontade, eu autorizo. Falta muita informação, eu sei, mas não sou jornalista, isso é contigo. Cobra caro, tá? A história é boa. Na volta você me paga um trago. Dos grandes.

Abraços ao pessoal do bar. Avisa o Chiquinho, levarei um gelo para colocar no uísque dele. Teremos muito a bebemorar.

Montenegro

VALE OESTE, ACAMPAMENTO II — ACAMPAMENTO-BASE AVANÇADO

6.500 metros de altitude

PREZADO WALDEMAR:

Escrevo do Everest! É a pura verdade, embora difícil de acreditar. Faço por um motivo especial: homenageá-lo. Único brasileiro a escalar este pico duas vezes e descer para nos contar a história, você merece receber uma carta escrita nesta altitude. Aproveito para narrar algo curioso que aconteceu durante a aclimatação. Grande admirador da cultura sherpa, você vai gostar.

Naquele vai-e-vem, numa descida encontramos o povo agitado com uma atitude surpreendente dos sherpas: greve! Não uma simples greve, envolvendo salários, como ocorreu na sua expedição ao K2. Dessa vez, era uma greve de protesto, de caráter religioso.

A médica de uma expedição italiana se envolvera com um guia sul-africano. Eles já haviam chamado a atenção de todos: Sophia, pela beleza; Biko, pelo porte atlético. Descobriram-se em Katmandu, e não demorou um cozinheiro sherpa os encontrou na mesma barraca, dividiam um único saco de dormir. Provocaram um grande burburinho entre os constrangidos nepaleses.

Mesmo contrariados, os alpinistas não censuraram o africano. Biko é um veterano, já trabalhou com muitos de nós, admirado também por sua generosidade em arriscar a vida para ajudar companheiros em perigo. Graças a ele, dois anos antes sobrevivi a uma avalancha no Ama Dablam. Talvez você o conheça.

Sentimos uma ponta de ciúme, confesso. As curvas da italiana valiam o risco, situação à qual ele está habituado. A *ragazza* me fazia lembrar minha primeira namorada, uma garota que abandonei no Brasil quando fui estudar nos Estados Unidos. Deixa pra lá.

Biko não tem o anular, perdido no Lhotse. O dedo congelara, e ele mesmo o decepou antes que a gangrena atacasse o resto da mão. Assustou muito novato por estes lados. O que deveria ser uma deficiência serve mais para despertar a inveja dos alpinistas e a admiração das mulheres.

A mutilação o libera de usar aliança, o verdadeiro motivo de tanto sucesso no mundo feminino. Não sei se a italiana sabia disso, mas creio que não faria diferença. Correu um murmúrio, também ela era casada, com um político, em Roma.

Talvez esse fato tenha ajudado, não levariam o romance para fora do Himalaia; a paixão não sobreviveria ao final da temporada. Isoladas no Everest por algumas semanas, as pessoas mergulham num mundo paralelo, se voltam mais para si próprias. A proximidade da morte faz cada um viver como se fosse o último dia. Roma e Johannesburgo são lugares muito distantes para influírem na solidão destas geleiras gretadas.

O problema eram os sherpas, e não por questões morais. A fidelidade não chega a ser um costume na região. Quando um deles se descobre traído, a punição é o traidor pagar uma festa ao infeliz marido. A pena é cruel. Nada pior, nesta terra tão pobre, do que alguém se endividar. Já participei de diversos eventos desses, a festança é para todos os moradores da aldeia, inclusive os visitantes.

O preconceito dos sherpas é de outra natureza: religiosa. Todos sabem que ele é casado — já trouxera a esposa para Nanche Bazar. Ao compartilhar o saco de dormir com a italiana havia profanado a montanha. Ou melhor: a Deusa Mãe do Universo, a divindade que vive no cume do Chomolungma. A ofensa foi muito grande, capaz de provocar a ira da deusa e resultar numa tragédia. Profanada, ela provavelmente arremessará sua fúria montanha abaixo, atingindo quem estiver pelo caminho.

Gerd, para quem as ilusões humanas não despertam muito interesse, falou com Tsong. Esperava convencer o guia de que a posição deles não passava de superstição. Os deuses, se é que existem, nada têm a ver com as preferências sexuais dos humanos. Não estamos mais na Grécia antiga, intervenções divinas estão fora de moda.

Tsong, respeitado entre seu povo, poderia ajudar a demovê-los do ato rebelde. Mas ele também ficara encabulado. Estávamos soterrados numa crise sem nexo, lutando contra um fato que não admitia explicação lógica. As pessoas acreditavam por força de uma tradição cultural, e pronto.

Pressionado por Gerd, Tsong procurou Bob. O americano insinuou que Tsong consultasse o lama do mosteiro em Pangboche. Para Bob, essa era uma boa oportunidade para ajudar os sherpas mais humildes a aprenderam como separar superstição de religião. Incenso e fé não eram a mesma coisa, e ele esperava que o velho sábio fizesse isso.

Bob sabia que só um poder maior poderia modificar a decisão dos nepaleses, e a única pessoa com tal virtude na região era o lama. Tsong reuniu os sherpas para discutirem a idéia, e eles acabaram por aceitar a sugestão. Escolheram três líderes, e a pequena procissão foi pedir a orientação do monge.

Voltaram com uma sábia decisão, como acontece quando os lamas são consultados sobre as divergências pessoais no Nepal. O ancião os convenceu de que os responsáveis pela profanação da montanha, se é que houve, eram os estrangeiros. Caso algum infortúnio acontecesse, seria entre eles, não com os sherpas. Cada qual com seu deus: o lama foi muito prático.

Ficamos animados com a volta ao trabalho, mas as notícias da manhã seguinte não foram as melhores. Uma equipe austríaca tentando escalar o Pumori foi colhida por uma avalancha durante a noite, dois homens estavam desaparecidos. Alpinistas de diversas nacionalidades, atacados pelo Mal da Montanha, voltavam para Katmandu. A temporada caminhava para o desfecho, e ninguém havia atingido o cume do Everest.

Ele apenas está se guardando para nós, foi o comentário de Gerd quando perguntei se ele achava que as dificuldades tinham a ver com as superstições dos sherpas. Os olhos do alemão irradiavam a inconfundível luz da coragem, não se deixariam abalar por tão bizarras premonições. Todos morrem, ele costuma dizer diante de fatos como esses, mas nunca por antecipação.

Por minha vez, confesso: não conseguia dissipar uma pequena nuvem de ansiedade começando a se formar sobre a minha percepção. Não acreditava na maldição da montanha, mas algo estava errado. O ar parecia espesso, me sentia sufocado, uma sensação que nunca havia me atingido. Nem quando precisei desistir da escalada, nas vezes anteriores, me senti tão estranho. Talvez fosse o olhar tenso dos sherpas.

Você conhece essas coisas, sabe do que falo. Suas escaladas ao redor do mundo também lhe deram esse faro que só os homens das montanhas têm. Entre nós, Bob era o mais sensível, talvez tivesse pensado em suspender a expedição. Gerd não concordaria, estava motivado demais para se levar por pressentimentos tão difusos.

Fora alguns pequenos incidentes como esse, as demais variáveis estão normais. Estamos esperançosos, agora que Sophia, constrangida, desceu para Nanche Bazar. Se depender da minha motivação, você precisará dividir a glória de ter pisado no cume do Everest com mais um brasileiro.

Bem, cumpri meu desejo em escrever. Despeço-me, preciso dormir, amanhã teremos um dia pesado transportando equipamentos.

Fique com um fraterno abraço,

Cláudio Montenegro

Fragmento do diário de Cláudio Adônis Montenegro

ENCOSTA DO LHOTSE, ACAMPAMENTO III
7.300 metros de altitude

A trilha de neve estava compactada, facilitando nossas passadas. Caso saíssemos do traçado afundaríamos até os joelhos. Todo cuidado era pouco. Precisava manter os óculos de sol, a radiação ultravioleta pode lesar as córneas e levar à cegueira. Reversível, mas a dor seria insuportável. Além das calças, eu protegia a pele com luvas de seda, camiseta de mangas compridas e uma balaclava, tudo branco para refletir o calor.

Bob sempre me aconselha a tomar o máximo cuidado com as pequenas coisas, justamente elas nos poderiam tirar da montanha. Eu sentia uma sede agonizante, acentuada pelo ar seco, mesmo assim procurava beber pequenos goles, evitava que minha água acabasse antes de chegar ao acampamento.

Minha respiração, mais acelerada e profunda, me obrigava a parar a intervalos cada vez menores, ao contrário de Bob e Gerd. A adaptação privilegiada deles começava a fazer a diferença, especialmente para Bob. Movimentava-se feito um felino. Ele se deslocava em perfeita harmonia com os falsos pisos do Chomolungma, passos firmes e serenos. Não sei quem estava mais à vontade, ele ou a montanha.

Deixávamos na retaguarda uma esteira branca formada pela neve removida por nossas botas de gelo. Pequenas avalanchas cruzavam o caminho, advertência de que nessa altitude não éramos mais donos dos nossos destinos. Precisávamos parar e retomar a respiração, ficando ainda mais vulneráveis.

A partir de uma determinada altitude enfiamos nossos mosquetões nas cordas fixadas pelos nepaleses e seguimos pelo flanco do Lhotse. Vencíamos desníveis absurdamente inclinados. Castigados por terríveis ventanias, obrigando a nos comunicarmos apenas por gestos, seguíamos arcados sob nossos temores.

Passamos a caminhar sobre um gelo vítreo, escorregadio, difícil de manter o equilíbrio. Podíamos ver as nuvens de cima para baixo, uma visão notável. Olhando para trás era possível avistar, na linha desobstruída do horizonte, o cume do Cho Oyo, uma oitomil fantástica, talvez a mais bela das 14 montanhas com mais de 8 mil metros de atitude. O universo, nos primórdios da Criação, deveria ter a perfeição deste Jardim, talvez o único remanescente do projeto original. Valia a pena apreciá-lo.

A geleira em torno do acampamento está salpicada de seixos negros, lascas de pedras polidas pelo áspero vento em seu incansável soprar. Encurraladas no vale, as tormentas sobem pelo cânion. Ganham velocidade quanto mais estreitas ficam as paredes, rompem todas as amarras impostas pela cordilheira em sua fúria para voltar ao céu.

Nossas barracas estão armadas sobre uma pequena plataforma, um diminuto rebordo pendurado numa falésia suspensa no ar. Estamos num ponto bem mais alto do que o cume de qualquer outra montanha fora do Himalaia. Nem quando escalei o McKinley respirei tão pouco oxigênio.

Ao lado da minha tenda fica o iglu de Jean Pierre. Conversar com ele me apazigua, nos identificamos em nossas inseguranças técnicas. Aproveitei para devolver *A última expedição*, o diário pessoal de Robert Scott, em que ele narra sua desventura no Pólo Sul. Jean Pierre me emprestara o livro no Acampamento-base, e eu o lera em três dias.

Qualquer caminhada para fora do acampamento precisa ser feita com os mosquetões engatados nas cordas de segurança, os arredores estão cheios de fendas. Gerd, para tirar uma foto especial, se afastou alguns metros da trilha e caiu numa greta, afundou até a cintura. Se não estivesse preso teria se machucado, talvez morrido.

Quando demos pela falta dele e saímos da barraca para procurá-lo, estava voltando com um escancarado sorriso de deboche. Estas trilhas, ricas em cadáveres, precisarão esperar Gerd um pouco mais. Os desafiantes se medem. O Jardineiro, escondido em alguma baixada, deve ter compreendido que com este terá mais dificuldade.

Como responsável pela equipe — leia-se: nossas vidas —, Gerd deveria ser o elemento de prudência no grupo. Para ele, essa palavra tem um significado bem mais flexível, nos deixa expostos a suas decisões arrojadas. Sua determinação beira a obsessão, mas cada conquista tem seu preço.

Bob é mais conservador, respeita o Chomolungma e seu humor indecifrável. Disciplinado como deve ser um bom homem das montanhas, submete-se à orientação do líder. Existem diversas formas de chegar ao cume, e neste momento estamos seguindo a escolhida pelo alemão.

De minha parte, devo confessar, conforta-me colocar as responsabilidades nos ombros de Gerd. Confio mais nele do que em mim. Sozinho, não chegaria a lugar algum. Se me fosse dado o poder de decisão, empacaria diante da primeira parede, refugaria na borda da próxima fissura.

Na barraca utilizada como refeitório e depósito temos espaço apenas para os equipamentos, alguma comida liofilizada e o fogareiro em que preparamos as refeições. A maior parte do tempo derretemos gelo para a água do chá que distribui calor pelo nosso corpo, especialmente às partes mais expostas a este inferno branco que nos rodeia. O trabalho doméstico, feito com prazer, atesta nosso entrosamento com a montanha.

Devido ao inchaço do cérebro, primeiro sintoma da falta de oxigênio, uma pequena dor de cabeça me obriga a movimentos em câmera lenta, especialmente do pescoço para cima. Acompanhada de náuseas, a sensação é bem desconfortável. Bob me deu uma aspirina, e melhorei.

O pequeno lar prima por realçar as diferenças entre as vidas sofisticadas que tínhamos em nossas casas e a austeridade da montanha. Mas nada nos falta, por mais difícil que seja a empreitada; a simplicidade absoluta é o estágio mais elevado da sofisticação. Quando temos pouco, valorizamos tudo.

Ontem à noite nevou muito. O peso dos flocos fazia pressão sobre o teto da barraca, deixava ainda menor o seu interior. Embora estivéssemos quase espremidos, sentíamo-nos solitários, especialmente porque Bob não mais nos alegra com suas histórias. Está desolado, tal qual o território ao nosso redor.

Sua mudez se aprofunda quando o tempo piora, parece prever algo ruim se avizinhando. Sempre tão loquaz, meu amigo quase não mais nos dirige a palavra, sua luz esmaece. Pelo menos entre nós. Talvez ressurja, mais forte, em outros planos, mas isso está além da minha compreensão.

"Estou perplexo ante a desolação espiritual da Humanidade", Bob me disse, ao retirar-se para dormir, logo após o jantar. Finalizou a lacônica conversa dizendo que os parentes, ao invés de chorar a morte de um familiar, deveriam celebrar o seu renascimento.

Antes de apagar a lanterna e mergulhar no saco de dormir, olhei para a barraca dele. A lamparina, ainda acesa, me permitiu ver sua sombra através do náilon. Estava sentado em posição de ioga. Talvez estivesse meditando sobre os destinos sombrios da Humanidade.

Eu queria ter a serenidade dele. A noite foi um massacre, consumida em horas de intolerável ansiedade. Ventos ocasionais açoitavam a tenda a intervalos irregulares, enchiam-me de pânico. Os desesperados solavancos da barraca ameaçavam arrancá-la do chão e jogá-la pelo abismo, em momentos de grande tensão.

Embora confiasse na capacidade dos sherpas em montar um acampamento sólido, conferi a forma como o abrigo estava preso à geleira. Vistoriei as cordas de tensão, os espeques, os parafusos de gelo, as estacas de neve e todos os nós. Precaução adicional, cravei a piqueta na entrada do iglu, prendi um cordelete e o deixei à mão caso necessitasse de ancoragem extra em algum momento.

Se o promontório resistisse, estaríamos seguros. Caso ele sucumbisse a uma grande avalancha, de nada adiantariam as amarras, tudo afundaria. Estávamos nas mãos do Jardineiro. Eu conhecia a história de um alpinista que, em circunstância semelhante, teve a barraca arrancada pelo vento.

Ele cravou a picareta no solo, através do náilon, e freou a queda, impedindo que ela despencasse. Conhecia a história, a técnica de salvamento, mas teria presença de espírito para colocá-la em prática? Tenho certeza de que não. Na hora do pânico, dificilmente farei o que precisará ser feito. Essa fraqueza me acompanha há anos.

A noite foi longa e tenebrosa. O medo e a angústia deixaram meu corpo dolorido. Os cristais de gelo, escorrendo do alto do Lhotse, chocavam-se contra o frágil náilon. Davam a impressão de que o transporiam e me atingiriam o rosto. Começavam devagar, grandes pingos de chuva caindo sobre a barraca. Aumentavam com a força do vendaval, um barulho ensurdecedor, e jogavam-me num profundo desconforto psicológico e emocional.

Arrepios contínuos me percorriam a espinha, bagas de suor frio empapavam-me a testa. Deitei o mais próximo da encosta da geleira, enfiei a cabeça no capuz do saco de dormir e fiquei à espera da grande avalancha. Ela não vinha, e tudo voltava ao normal. O vento reiniciava suas bofetadas delirantes, e a situação se repetia, agitando furiosamente as paredes oscilantes do iglu, para logo imperar novamente o terrível silêncio. Pelo menos a ventania impedia que a neve se acumulasse sobre a barraca e me sufocasse.

O tempo gotejou em segundos, minutos e horas sem fim, envolvendo-me cada vez mais neste ambiente selvagem. A borrasca não passava, meus lamentos se misturavam aos delírios do temporal. Não sabia se presenciava o fim ou o começo do mundo. Incapaz de continuar reagindo ao medo, me deixei levar. Não me lembro de ter dormido; desmaiei de exaustão.

Esta manhã, azedo, me reuni aos dois para o chá. Envolvidos num acalorado papo, Bob e Gerd nem sequer mencionaram a tempestade noturna, tão acostumados estão a esse tipo de estresse. A arrebentação dos ventos não mais lhes perturba o sono. Embora ansioso para comentar a noite maldormida, preferi ficar calado. Preciso moldar-me ao ritmo deles, não o contrário. Aliás, teria mesmo havido uma tempestade?

GELEIRA KHUMBU, ACAMPAMENTO-BASE DO EVEREST
5.400 metros de altitude

AMIGA KAREN:

Desejaria escrever em outras circunstâncias, sem lágrimas escorrendo até o queixo. Recolho aqui e ali pedaços da minha alma, no momento esmagados sob as pedras deste acampamento, esforço necessário para contar os últimos dias do seu marido.

Espero que você consiga manter a lucidez por alguns minutos, precisamos render uma última homenagem: falo da vida, não da morte. As coisas boas do mundo são incertas e, assim como podem ser conquistadas, podem ser perdidas. O importante é vencer com ousadia e perder com dignidade. Precisamos comemorar nossas vitórias e nos resignar diante das derrotas. Isso nos faz humanos.

Lembro-me de sua carta apreensiva contando sobre a conversão do meu amigo ao lamaísmo. Cristã fervorosa, você não entendia a opção dele, especialmente porque se tornara supersticioso. O lamaísmo é uma prática espiritual bem mística, motivo de sua grande expansão no Ocidente, terra tão cética, mas tão ansiosa de magia.

Os momentos delicados passados no Chomolungma, acompanhado pelos sherpas, abriram a sensibilidade de Bob, possibilitando a sua mente brilhante captar energias sutis demais para serem percebidas por criaturas tão estressadas como nós. A opção dele pelo budismo parece, fatos consumados, uma antevisão do desastre. Os budistas, e ele cedo absorveu essa noção, têm uma relação bem mais suave com a morte do que os cristãos.

Estávamos no Acampamento-base, ao pé da Cascata de Gelo. Depois de vários dias nevando, o tempo melhorou. A pressão atmosférica tinha subido, e o sol poderia aparecer. As bandeirolas de orações estendidas pelos sherpas entre as barracas tremulavam. Juníperos ardiam, o ar estava embebido em crendices.

Tínhamos aproveitado para treinar escalada técnica em alguns blocos de gelo, um belo exercício. Também praticamos em rocha, havia alguns *boulderes* pelas redondezas. Desgastar-se nessas pedras lisas usando botas de neve e grampões era, sem dúvida, uma exigência exagerada de Gerd. Algumas vezes eu achava o alemão um pouco neurótico.

Fiquei sabendo pelo cozinheiro que *sahib* Gerd elogiara meu desempenho nos dias anteriores. Dono do mais duro dos julgamentos, incapaz de tolerar o menor dos erros, ele sabia também reconhecer, e elogiar, um acerto. Raramente o fazia, por isso a validade. Deixaria qualquer um confiante, especialmente alguém precisando provar a si mesmo ter capacidade para vencer uma montanha deste porte. Chegando de forma indireta, melhor ainda. Fiquei eufórico. Gerd via em mim algo que nem eu percebia. Espero que ele não tenha se enganado.

O dia estava lindo. Quando o sol entrou pelo serrilhado da cordilheira, a temperatura caiu para vários graus abaixo de zero, prenúncio de tempo bom. Estávamos esperançosos de sair na madrugada seguinte. Aclimatados, sem nenhum problema de altitude, mas à mercê do clima, o que sempre deixa espaço para uma boa conversa. Bob veio para minha barraca tomar chá e relembrar como nos conhecemos. Costumávamos falar do passado antes das escaladas mais perigosas.

Ao mudar para Chicago eu era pouco mais do que um adolescente. Quando ele me convidou para visitar a família em Seattle, numa semana de folga na universidade, desejava me apresentar aos amigos do Clube Alpino, pois iríamos escalar o monte Rainier. Escalar o monte Rainier! Eu nunca tinha pisado numa montanha.

Quando cheguei de carro em Paradise e vi a cordilheira coberta de neve, com a grande montanha à nossa frente, foi amor à primeira vista. Sou dado a isso, amores à primeira vista. Quase nunca dão certo, mas que diabos, somos humanos, não máquinas de calcular probabilidades.

Havia descoberto meu esporte preferido. Voltamos ao Rainier, fiz cursos, pratiquei nos picos mais baixos, aprendi as manhas da escalada. Não levou um ano para chegar ao cume com ele, algo repetido muitas outras vezes, tanto no Rainier como no Alasca, onde escalamos o McKinley em duas temporadas. Ah, o McKinley.

Deixe que eu faça uma pequena inconfidência: você havia presenteado Bob com um canivete suíço, lembra? Se não me engano, foi seu primeiro presente ao namorado. Eu desejava esse canivete como mais ninguém, pedia emprestado e me "esquecia" de devolver. Obrigava Bob a ir a meu apartamento buscá-lo, o que ele nunca deixou de fazer.

No McKinley, ele prometeu me dar o canivete caso eu chegasse ao cume, uma ardilosa forma de motivação usada nos momentos difíceis nas montanhas. Bob cumpriu a promessa. A única exigência foi não lhe contar. Agora conto, não faz mais sentido nosso pequeno segredo.

Terminada a faculdade, casado, voltei ao Brasil para trabalhar nas empresas da família. Não era o meu desejo, mas fazer o quê? Meus familiares me acusam de não saber o que pretendo, e de certa forma têm razão. Mas nunca me puni por isso, nos dias atuais não é fácil saber o que se quer da vida. São tantas as alternativas, ficamos confusos: o que vamos ser quando crescer? Como responder, se a maioria das pessoas nunca chega a crescer?

"Desta vez estamos aqui por tesão, e não por dinheiro", foram as primeiras palavras de Bob quando nos encontramos em Londres. Como forma de demonstrar minha alegria, fiz a mesma promessa: quando chegássemos ao cume lhe daria de presente o canivete que ele me dera. Desejava que ele o levasse para o filho de vocês, uma lembrança valiosa para todos nós.

Relembrávamos essas coisas quando chegou a triste notícia: uma avalanche havia arrastado cinco sherpas. Três deles morreram, dois foram resgatados com vida; o grupo estava descendo. Um bloco tinha desabado sobre uma parede de gelo, formando um dominó. O deslizamento colheu os nepaleses enquanto atravessavam uma fenda, não tiveram chance.

Havíamos entrado no paraíso não para lutar contra a natureza, mas para desafiar a capacidade humana. Queríamos experimentar, no mais amplo dos sentidos, todas as emoções que pudéssemos produzir e sentir. Desejávamos saber, afinal, quem éramos, se é que éramos alguma coisa.

Os embates aconteceriam nas encostas das montanhas, um mundo à parte, onde não passávamos de medíocres intrusos. Por mais honestas que fossem nossas intenções, impossível travar esses combates internos sem desfigurar o harmonioso Jardim. Vencedores ou derrotados, o Jardim perderia.

O Jardineiro não aceitaria, pacificamente, essa violação. Precisaríamos enfrentar, além das nossas fraquezas, as adversidades externas que o imponderável colocaria em nossos caminhos. Seria uma guerra sangrenta, e os humanos já havíamos perdido algumas batalhas. Outras viriam, a estabilidade estava em jogo.

Bob perguntou se eu arriscaria a vida pelo que estava fazendo. Ante minha hesitação, respondeu: "A vida só tem sentido quando lutamos por algo pelo qual valha a pena correr o risco de morrer. Fisicamente, a cada dia você morre um pouco. Resta saber se vale a pena morrer pelo que está fazendo."

"Não tenho medo de arriscar a vida, ela é algo passageiro", insistiu Bob. "Nosso corpo, como tudo ao redor, é transitório. Quando chegar a hora da mente se libertar da matéria, precisamos ser merecedores de uma reencarnação num mundo mais evoluído. Não estamos divididos entre os que chegam ao cume e os que não chegam, mas entre os que iluminam o caminho e os que marcham para dentro de uma caverna escura. Precisamos enxergar um pouco além da trilha."

Concluído o sermão, fui dormir intrigado. O que Bob estaria querendo me dizer? Só agora tenho a exata noção do que ele dizia, mas naqueles dias ainda não sabia a extensão dos riscos futuros. Estava com o coração leve, não podia imaginar o tamanho da tragédia que Bob já pressentia.

Na madrugada seguinte abriu a tão esperada janela no tempo, e a coreografia no acampamento se alterou imediatamente. Tão logo o dia raiou por cima da cordilheira, os sherpas fizeram suas *pujas*. As cerimônias religiosas solicitavam permissão à deusa para escalar a montanha.

Tomados por uma alegria nervosa, transbordando sentimentos opostos, iniciamos a travessia da Cascata de Gelo. Melhor cruzar de madrugada. Com o correr do dia o sol derrete o tapete de neve fresca e as possibilidades de avalanchas aumentam. Iniciei a subida concentrado nos desvios provocados pelas fendas, horas intermináveis. A monotonia do mosaico monocromático me fez perder a atenção, os pensamentos começaram a divagar pelo mundo das montanhas.

Os alpinistas gostam de dizer que se preparam adequadamente. Meses de treinamento, equipamento checado, os detalhes revisados dezenas de vezes. Se o clima permitir, chegarão ao cume. Salvo avalanchas, todas as variáveis estão sob controle. Para um guia do Aconcágua, até as avalanchas podem ser previstas. Basta fazer um corte na parede de gelo em forma de pirâmide invertida. Se a placa de gelo cair, sua aderência não está consolidada. Confiam na montanha, esquecem a imperfeição humana.

Nunca encontrei alguém com dúvidas sobre estar pronto para o desafio. Todos estavam preparados para subir até o topo, ou até onde desse. Também estavam preparados para voltar, caso não obtivessem sucesso. E para não voltar — às vezes eu me perguntava —, estariam preparados? Eu estaria preparado? Ninguém parte para uma montanha pensando em morrer, mas essa é uma das hipóteses. Assim como outra: chegar ao cume. Creia-me, Karen, Bob estava preparado para morrer.

O sol rebrilhava nas encostas íngremes. Os raios ricocheteavam, perdiam velocidade e se fundiam com o horizonte esbranquiçado correndo por sobre a cordilheira. Se morrêssemos, já estaríamos perto do céu. Meio caminho andado, talvez a parte mais difícil. O céu é algo distante, mas definitivo, o cume final, o término de todos os sofrimentos. Bob concordava, e com mais convicção.

O que pensaria Gerd sobre essa possibilidade? Será que lá no fundo da consciência ele acredita, pelo menos um pouquinho — embora não queira admitir nem para si —, em algo além deste mundo? Inteligente, não creio que ele possa negar sua realidade interior, está longe de ser um ateu fundamentalista. Teimoso, isso sim. Sua heresia significa mais dúvida do que qualquer certeza.

Teria ele algum sentimento religioso? Quais seriam os seus pensamentos secretos? Para quem Deus não existe, tudo é mesmo permitido? Nós e o mundo surgimos por acaso? Por acaso, então, também terminaremos? De que, ou de quem, foge o meu amigo Gerd? Dissera-me, certa noite, enquanto tomávamos chá num acampamento, que a morte para ele seria apenas um salto no escuro, nada mais. Pretendo estar longe quando isso acontecer. A calamidade vai ser insuportável.

Enquanto avançava por entre os blocos de gelo ou ao longo das gretas, meu olhar periférico perscrutava qualquer sinal de anormalidade, movimentos que pudessem me alertar sobre possíveis deslizamentos. Encontrava-me tão só entre os seracos que o único ruído perceptível era o arfar da respiração perfurando a quietude gelada.

Minha concentração no silêncio era rompida por enormes estrondos. Seguidos de estalidos secos do gelo se quebrando, podia sentir ao longe as brumas dos cristais liberados pela avalancha varrendo parede abaixo. Meus nervos, unidos à agonia no peito, custavam a se distender; levavam alguns minutos para os sentidos voltarem à normalidade.

Entre o crepitar da avalancha e a volta ao silêncio absoluto, meus passos eram mecânicos, sem controle mental, submetidos a um respeito aterrorizado. Nossa exposição aos desastres era total. Pensamentos agourentos me escandalizavam. A única forma de zelar por minha segurança era sair dali, mas isso não estava em cogitação. Se fosse repensar meus atos diante de cada dificuldade, não avançaria um passo na vida, nem sequer sairia de casa.

Os sherpas transportavam o equipamento montanha acima, correndo mais perigo por andarem com peso sobre as finas camadas de gelo. Em uma das paradas, diante de uma escada de alumínio, esperando minha vez de atravessar a greta, comentei isso com Gerd, e ele disse que os sherpas não precisam da nossa compaixão cristã, apenas trabalham por dinheiro, cumprem suas obrigações contratuais.

O alemão, indiferente às indignidades alheias, tem razão. Os nepaleses nos tratam com extremo carinho e atenção, muitas vezes nos deixam constrangidos diante de tamanha solicitude. Após receberem os dólares dos contratos, nos saúdam com sorrisos cínicos de comerciantes satisfeitos, como em qualquer lugar onde o relacionamento está baseado no dinheiro.

O mundo movediço sobre o qual caminhávamos nas últimas horas incutia em nossos passos trejeitos de marujo em alto-mar. Estávamos deslocados não só no espaço como no tempo. Os rangidos das avalanchas percorriam as escarpas, denunciavam a cordilheira em movimento. Ela crescia da Terra, o cume ficava cada vez mais distante.

Nevascas e tormentas se moldam aos cânions e agulhas rochosas. Cascatas, torrentes, represas e vazões são estranguladas pela geografia formada pelo choque das placas tectônicas. Todos os adjetivos que se possam usar para descrever o Himalaia soam desbotados diante da sua magnitude, a linguagem humana ainda não possui símbolos para expressar tamanha grandeza.

O acampamento ficava num local muito exposto, montado sobre uma gigantesca massa de gelo rodeada por duas enormes gretas, acima da borda superior da Cascata de Gelo. Estávamos à mercê das avalanchas provocadas por um gigantesco glaciar suspenso no alto da crista oeste da montanha. Impossível imaginar como a neve conseguia se agarrar àquelas encostas quase verticais. Em anos anteriores uma língua de gelo semelhante se precipitara, soterrando alguns montanhistas. Pretendíamos ficar por lá o menor tempo possível. Meus músculos, diante do perigo, ficavam cada vez mais rígidos.

Os sherpas haviam deixado comida, fogareiros e combustíveis. Derretemos gelo para o chá aquecer o que restava de nós e repor um pouco da energia gasta na subida, especialmente a consumida pela adrenalina da perigosa travessia, parte dela feita com os dentes trincados. Falo de mim, não de Bob ou Gerd.

Dormi bem, ao contrário do que esperava. Aquecido dentro do saco de dormir, embalado pelos flocos de neve caindo sobre o teto da barraca. Impressiona como nossa mente se ilude com facilidade. Basta entrar numa tenda de náilon, correr o zíper e se aninhar protegido do frio e da umidade para nos imaginarmos em segurança.

Acordei com Bob me sacudindo, subitamente me expondo à luz dourada do sol filtrada pelo pano amarelo. Espreguicei, gostoso alongamento para despertar os músculos adormecidos, finalmente relaxados. Calcei as botas e saí da barraca, uma vista magnífica me esperava.

Na pureza da manhã a vida resplandece no Everest, impossível manter as lembranças urbanas. Acariciadas pelos nossos olhares as encostas ganham vida, resgatadas da fria impessoalidade. A reverberação da luz nos diversos níveis do espelho em que se transforma o vale muda a tonalidade da neve, dependendo do lugar onde estivermos. Branca, azulada, translúcida ou esverdeada, a luminosidade cintilante das arestas segue os movimentos do sol.

Regressamos ao pé da montanha, onde passamos algumas noites. Esse era o plano traçado em Katmandu. Estávamos cumprindo o cronograma de aclimatação tranqüilamente. Nessas tardes amenas, nossos olhares, fascinados, vagavam pelos cumes das montanhas em volta, degustávamos estes horizontes infinitos.

Os batimentos cardíacos, a princípio desconfiados, se tornaram dóceis, beiravam a suavidade. Os medos e as angústias, ao serem deixados em paz, mesmo por um breve período, se dissolvem: tudo fica mais tranqüilo. Impossível imaginar, na mansidão desses dias preguiçosos, alguma traição nos aguardando.

A pausa na escalada, tão útil nos primeiros dias, nos aprisionava entre o ócio e as enrascadas que deveríamos enfrentar. Lá pelas tantas, todos queriam seguir em frente, acabar o mais rápido possível com essa tortura, mas dependíamos do clima. O estado de excitação do pessoal mal podia ser disfarçado. Vivíamos a euforia nervosa que antecede os grandes acontecimentos.

Reiniciamos o sobe-e-desce interminável. O estreito vale entre os paredões das montanhas mais altas do mundo nos passava com precisão as fantásticas proporções do Himalaia. Achatava ainda mais nossas reduzidas imagens. Protegidos dos ventos e aquecidos pelo sol, sentíamos a temperatura diurna do cânion coberto de gelo subir a níveis tropicais.

Sofremos muito com o calor, uma barra de chocolate na mochila derreteu completamente. A transpiração umedecia o corpo, sensação bem desagradável, embora soubesse que em nada me prejudicaria a saúde. Ao entardecer, o sol desapareceu por trás das montanhas, e a temperatura baixou para uns dez graus negativos.

Para seu marido, acostumado com a fria Seattle, essas mudanças bruscas não chegavam a afetar o equilíbrio emocional. Para mim, eram terríveis. Instabilidades me ferem, rompem minha linha de segurança, me deixam à beira do abismo. Todas essas privações, claro, tinham as suas recompensas.

A uma certa altitude pudemos ver o cume do Everest, nosso objetivo. Não apenas o cume, mas toda a via de escalada: os lugares destinados aos acampamentos, além da crista sudeste, por onde deveríamos atingir o topo. Rocha, gelo, neve e vento. Nada excepcional, não fosse o ar rarefeito.

Dormimos algumas noites no Acampamento-base avançado e descemos direto para o Acampamento-base. Precisávamos respirar alguns dias numa altitude mais baixa. Cada um tinha uma estratégia pessoal para se distrair nesse breve período de descanso. Dávamos tempo para os carregadores transportarem nossos materiais para os acampamentos mais altos, deixando-nos apenas com os pertences pessoais.

Uma história bem constrangedora estava circulando à boca pequena entre os alpinistas. Um jovem americano caiu exausto no meio do caminho e morreu poucas horas mais tarde. Diversos montanhistas passaram e não o socorreram, não queriam arriscar suas escaladas. Estavam numa parte intermediária da montanha, descer com as próprias pernas já é difícil, imagine carregar alguém nas costas.

Eram expedições comerciais, e os guias decidiram não pôr em risco o programa de aclimatação dos clientes. Um dos líderes, pressionado por Bob, se justificou alegando que o rapaz não tinha chances de sobreviver. Não valia a pena socorrê-lo, seria perda de tempo; tempo que os escaladores não tinham.

A dura ética do montanhismo está sendo substituída pela conveniência das cláusulas dos contratos comerciais. Portando-se no limiar do legalmente aceitável, os empresários do turismo trazem para o cotidiano do Himalaia o lado obscuro dos grandes negócios.

Provavelmente, tão logo acabe a temporada, os familiares do jovem entrem na justiça contra a empresa que o levou para o Everest. Os manuais de escalada serão substituídos pelos códigos civis. Não mais os alpinistas e seus guias durões, mas requintados promotores, advogados e juízes entediados decidirão quem deverá ou não chegar ao cume da montanha. Às vezes, dá vontade de torcer pelo Jardineiro.

A situação causou um mal-estar muito grande no Acampamento-base. Quanto vale uma vida humana? Pode-se medi-la deste ou daquele ângulo? Viver em meio à morte nos acostuma a ela, a ponto de apressá-la quando vemos algum moribundo.

A primeira manifestação de Humanidade em nossa espécie se deu quando o homem primitivo passou a se preocupar com os doentes e feridos. Socorria-os ao invés de abandoná-los às feras. O homem contemporâneo volta à savana, desumaniza-se em nome da modernidade.

Morrer não é um valor absoluto, até a morte precisa ser contextualizada.Vivemos e morremos, a vida e a morte são complementos de uma única extensão, uma não existe sem a outra. Necessitamos criar um ponto de equilíbrio entre essas duas forças que tencionam a nossa existência. Não falo de religião, mas de tudo que é inerente ao nosso ser. Precisamos compreender a vida na sua plenitude, incluindo nela a morte.

Existe a morte física, peculiar a cada pessoa, que só diz respeito ao morto e aos entes queridos. Trata-se da morte particular de cada indivíduo, em que o pranto derramado é apenas uma antecipação da saudade vindoura. Existe também outra morte, a coletiva, e essa atinge a todos nós.

Quando alguém morre na luta pela realização dos seus sonhos, tentando dar um sentido mais amplo ao ato de viver, alarga os limites da nossa existência. Quando alguém morre nessas circunstâncias, todos morremos um pouco. O morto, propriamente, morre nos dois sentidos, leva consigo uma parte de nós. Aqueles deixam saudades na família. Esses, como Bob, deixam saudades na Humanidade.

Gerd desceu a Nanche Bazar. Caminhada extraordinária, possível apenas a um superatleta com pernas elásticas. Oxigênio e contato com a vegetação verde dos vales inferiores ajudam na preparação fisiológica e psicológica, deixam em forma para os momentos finais. Hertha voltou mais tranqüila para a Alemanha após ver o marido em tão boas condições.

Bob deu uma fugida até Pangboche. Ele disse que faria bem respirar um pouco mais de ar, mas desconfiei de que a real intenção tinha sido encontrar o lama. Seu marido também aproveitava esses descansos para conversar com Pemba. O cozinheiro era um rapaz semi-alfabetizado com quem Bob travava elaboradas discussões. Os conceitos do sherpas, frutos de sua tradição religiosa, eram tão simples que me constrangiam. Precisava engolir em seco a frustrante sensação de não ter capacidade para compreender as coisas mais corriqueiras da vida.

Bob desculpava minha impaciência. Costuramos, em nossa cultura, um sistema tão complexo de relações sociais que acabamos enredados nessas teias. Tal emaranhado nos aliena da nossa essência, tão simplesmente definida pelo jovem cozinheiro budista, para quem a morte significa tão-somente o primeiro passo para um novo renascimento.

O dia amanheceu ensolarado. Embora estivéssemos naquela altitude e rodeados por paredes de gelo, o calor primaveril era intenso. Iniciamos a travessia da Cascata de Gelo vestidos apenas com nossos piles, a parca no fundo da mochila. Estávamos novamente em ação, isso me acalmava.

Nossas saídas eram ruidosas, misto de alegria e angústia. Trocávamos o tédio das infindáveis horas passadas dentro das barracas, esperando o tempo melhorar, pelo reinício da escalada, sempre repleta de perigos. Uma alegria generalizada eletrizava o acampamento, colegiais saindo para o recreio sob o olhar severo da diretora.

Em meio ao vozerio, apenas Bob permanecia em silêncio. Não aquele silêncio meditativo, não, mas um silêncio de inverno. Alguma coisa em sua alma, inalcançável para nós, o jogava em profunda melancolia, antecipação de que a temporada não acabaria bem. Logo descobriríamos, e como! Preparava-se para a grande cerimônia.

Você, que o conhecia tão bem: será que tivera alguma visão ou era intuição pura?

Cheguei a vê-lo, uma semana antes, distanciar-se sozinho do acampamento e se embrenhar, pensativo, por entre os torreões de gelo, quase uma busca inconsciente do perigo. Logo ele, sempre tão cauteloso, vagando por entre as armadilhas da geleira. Na hora não me inquietei, mas agora percebo. Expondo-se, ele punha à prova sua fé.

Estávamos havia mais de um mês no Himalaia, podíamos sentir a deterioração física provocada pela altitude. Uma parte de nós ganhava, outra perdia. Quando estivéssemos acima do Colo Sul o equilíbrio entre os músculos e o pulmão deveria estar em seu melhor nível.

Equipamentos nos campos superiores, subíamos mais leves, menos propensos a afundar no gelo. Estávamos relaxados, pelo menos para as circunstâncias. Os sherpas seguiram na frente, liderados por Tsong. Saímos logo depois. Sem conseguir acompanhar as passadas de Bob, fiquei para trás. Gerd fechava a fila.

Começou a ventar, apressei-me. Queria concluir a travessia antes que a tormenta chegasse. Chequei meu cordelete, preso na corda fixada pelos nepaleses, e avancei aos arrancos, esgueirando-me por entre as marolas de vento cada vez mais violentas. Em poucos minutos estava envolvido pela tempestade, a montanha rugia castigada pela ventania. Nunca, em toda a minha vida, havia presenciado vendaval tão forte.

Uma voz sussurrava, quase inaudível, no fundo da minha mente: o Jardim virá abaixo. O Jardineiro, em sua fúria absoluta, resolvera expulsar de vez os estranhos animais do seu reino encantado, destoavam da harmonia local. Faltava pouco para deixarmos a bela Cascata de Gelo, área mais instável da montanha, e para nos soterrar ele não hesitaria em desfazer sua Criação. Senhor de todas as vertentes, poderia reconstruí-la em novo formato, e mais pura do que sempre.

Quem nunca pisou no Himalaia jamais conseguirá imaginar o estrondo provocado pelo rompimento de uma grande placa de gelo sob os pés. O barulho infernal que desabou sobre os meus ouvidos me dobrou as pernas, caí de joelhos. Na mente, apenas uma certeza: os guardiões da montanha estavam endiabrados, queriam nos devorar.

A banquisa por onde Bob subia derrapava em minha direção, aplainando o solo. Jogava longe gigantescos pedaços de gelo com os quais ela trombava. Descia envolta numa grande nuvem de fagulhas de cristais, faíscas em ebulição. Meu amigo, desatinado, tentava equilibrar-se sobre a superfície escorregadia. Quando notou que eu estava no caminho, gesticulou desesperadamente para que saltasse para o lado, corresse, fizesse qualquer coisa. Seria esmagado pelo bloco que desabava. Nada consegui fazer, nem o menor movimento. Minhas pernas continuaram dobradas, os joelhos cravados na neve, as mãos grudadas na picareta de gelo, apavorado demais para esboçar a menor reação.

Não tinha a lucidez dele, não saberia reagir. O único músculo a se movimentar era o coração, descontrolado, prestes a romper numa arritmia desenfreada. Bob parecia mais aflito com a minha situação do que com a dele, por si desesperadora. Não teria chances de escapar, a deusa do Chomolungma fora implacável. Tentava, portanto, salvar o amigo. Quando a avalancha chegou aos meus pés, uma garganta se interpôs entre nós. A geleira não suportou o peso do novo bloco despencando e cedeu. A fenda aberta no gelo desviou para a lateral e correu montanha abaixo, engolindo a superfície por onde passava.

Permaneci debruçado, a menos de um metro da borda do novo precipício. Esperava o chão parar de tremer. Embora a claridade estonteante do sol refletida pelos cristais de gelo ampliasse a luz, não era possível avistar o fundo da tragédia, um buraco negro glacial abocanhara parte da imensidão branca da Cascata de Gelo. Um vazio monumental, o mundo desabara ao meu lado.

A densa natureza himalaia, sufocante e opressora, esvaíra-se ao som da tragédia; jazia alquebrada nas entranhas da Terra. O lençol de renda, ricamente trabalhado ao longo dos séculos, voltara ao seu estado primordial. Tanto quanto Bob, a montanha fora vítima do Jardineiro.

Foi a última vez que vi seu marido.

Não ouvi mais nada. Meus ouvidos ficaram surdos, bloqueados pelo horror da morte. Os estrondos nasciam, cresciam e se esvaíam para logo ressurgirem mais agudos, tudo no lado interno da minha cabeça, por trás dos meus tímpanos. Meus pulmões gelaram, eu inalava neve, a face enterrada no gelo. Nada via, apenas uma algazarra de sons rodopiava em meu cérebro, estatelavam uns contra os outros, crepitavam ao quebrar das placas de gelo, explodiam em detonações alternadas; em turbilhão os ruídos se entredevoravam. Cego e silenciosamente isolado do mundo exterior, a tragédia se refugiara em minha mente, prolongava-se além do que eu poderia suportar.

Cisalhado pela dor mental, sentia meu corpo prolongar-se em diversas direções, enquanto outras partes se encolhiam quase ao desaparecimento. As pernas cresceram, se estenderam pela geleira, expondo-se cada vez mais ao perigo. Os braços esticaram, os dedos avolumaram e se espalharam pelo glaciar, aqui e ali feridos pelas pontas agulhadas dos cristais se derramando em chuva. Queria recolhê-los, mas não tinha forças. Meu peito encolheu, as costas enrijeceram e minha cabeça açambarcou todo o desastre.

O Everest agora girava por trás das minhas córneas.

Imobilizado pelo pavor que se apoderou de mim, senti que me socavam, puxavam, rolavam e me arrastavam na neve. Levantaram-me, ampararam-me pelos braços e me fizeram mover as pernas. Ainda não via nada, agora nem os sons retumbavam em minha mente, apenas um vazio incompreensível. Mas eu estava descendo, sentia cada vez mais ar nos pulmões. Como isso estava acontecendo, não imaginava.

Delirei durante um tempo indefinido no interior da barraca. Não tinha febre, meu pulso estava normal, a oxigenação, adequada, nenhuma parte do corpo fora quebrada. Ao meu redor falavam essas coisas, admiravam-se por eu nada ter sofrido, e não entendiam por que não voltava a mim, os sinais vitais estavam em perfeita ordem. Alternava momentos de embriaguez com sonos profundos, sonhava com Bob e nossas escaladas. As encostas nos levavam a profundos abismos, não perseguíamos mais cumes ensolarados.

Minha convalescença foi lenta, a mente voltava ao normal aos solavancos. Certa noite acordei sobressaltado, suava frio e gritava, assustado com o silêncio. Todos acorreram, um tropel de passos irregulares quebrou o cascalho em direção à barraca. Ao abrir os olhos, no lusco-fusco da madrugada, percebi, acima da minha cabeça, Gerd agachado. Deu-me uns tapinhas nas bochechas e disse que finalmente eu estava curado, conseguira colocar para fora o pânico que me imobilizava. Pela manhã, embora tivesse levantado bem tarde, me senti melhor. Tratei de sobreviver. Como Gerd me disse, já bastava a morte de Bob.

Karen, de uma coisa tenha certeza: ele morreu como deveria morrer. Em Seattle a vida não era desafiadora o suficiente para ele demonstrar sua grandeza humana, todo o esplendor do seu caráter. Sagitariano impetuoso, não conseguia viver sem um bom desafio, capaz de flechar as estrelas e tropeçar nos seixos.

Como Quíron, o mais sábio e justo dos centauros — tão sábio e tão justo que, ao morrer, Zeus o colocou entre as estrelas, a constelação de Sagitário —, Bob agora brilha no céu, irradia um pouco mais de luz sobre a Terra.

Você deve se lembrar dele como vou me lembrar. Quero que você saiba quão esplêndido ele foi até o último momento, eternamente jovial e alegre, sempre disposto a sacrificar-se pelos outros, por mais humildes que fossem; especialmente por esses.

Jamais pronunciou uma palavra me censurando pelas minhas inabilidades técnicas em nossas jornadas, nunca tentou impor ao cético Gerd nenhuma das suas luminosas verdades. Sabia, como ninguém, respeitar e admirar as diferenças humanas. Infelizmente, nunca pude lhe demonstrar quanto o estimava; ele sempre teve tudo a oferecer — e eu, nada.

Conforta-me saber que não sofreu. Seu olhar não era de desespero, pude ver, mas de esperança. Costumava dizer que todas as tragédias pessoais são transitórias. Cair é circunstancial. Desistir, renegar nosso caráter divino, sim, isso é definitivo, abismo no qual ele nunca afundaria.

Aprendi com ele que para certas coisas, mais do que ver para crer, é preciso crer para ver. Sua alma passou incólume por esta vida impura, as armadilhas mundanas foram incapazes de corrompê-la. Sua mente enfrentou com serenidade este mundo adverso, e agora ele descansa na paz conquistada por sua fé em encarar a si mesmo como parte do grande plano de Deus todo-poderoso.

Que os deuses o tenham! Que o Senhor Buda o receba, em sua infinita compaixão. Se a avalancha foi provocada pela ira vingativa da deusa do Chomolungma, dos guardiões a serviço do Jardineiro, ou dele mesmo; ou seja lá que diabo for, foi em vão. Conseguiram apenas libertar o seu espírito.

Aprendi certa vez com um sábio lama, amigo de Bob: quando um grande mestre morre, segue-se um período em que bênçãos descem sobre quem as peça com devoção. Então, Karen, este é o momento de pensarmos em Bob e orarmos para as nossas aspirações mais elevadas se realizarem.

Gerd, veja só, tão logo me recuperei, pediu para Tsong providenciar uma cerimônia fúnebre budista para nos despedirmos simbolicamente do seu marido. Os sherpas ergueram um *chorten*, bonito memorial budista de pedras, ao pé do qual cremamos algumas coisas pessoais de Bob, enquanto Tsong comandava uma *puja*, acompanhado por todos os alpinistas presentes no Acampamento-base. Ao som de

Om mani padme om
Om mani padme om

budistas, cristãos, judeus, islâmicos e hinduístas, prestamos a última homenagem ao nosso grande líder.

Organizei as outras coisas dele e as coloquei em sua mochila cargueira. Gerd se encarregou de enviar um sherpa a Katmandu com a missão de despachar tudo para a casa de vocês. Em breve você receberá os pertences dele.

Meu amigo partiu para um estágio mais elevado, mas os meus pensamentos se voltam para ele com uma certa melancolia. Sinto saudade do que não vai acontecer, de todas as coisas boas planejadas para nossas futuras expedições e que agora, devido a esta brusca separação, jamais se realizarão. A saudade, porém, nunca morrerá, ela é a mais carinhosa das formas de lembrarmo-nos das pessoas queridas, a maior homenagem que podemos prestar. Espero durar muitos anos, quero curtir esta saudade por longo tempo.

Nada posso fazer para consolá-la, a não ser pedir para que diga a seu filho que o pai dele morreu da forma como sempre viveu — um valente e digno homem, o melhor dos companheiros e o mais leal dos amigos.

Desculpe-me. Beijos em vocês,

Montenegro

ENCOSTA DO LHOTSE, ACAMPAMENTO III
7.300 metros de altitude

MANA:

Desculpe a carta. Pela primeira vez escrevo, e nesse tom. Sempre é tempo, espero que você entenda. A dor exposta ensina, como diz mamãe. Ela submeteu-se calada, preciso desabafar, suaviza meu sofrer. Refugio-me na sua religiosidade, minha irmã, isso me confortará. Muito discutimos sobre religião, talvez ela agora nos una. Estou evoluindo, como você diria.

O acidente com Bob beirou o insuportável. Não bastasse perder um amigo para a montanha, eu precisava sobreviver. Passei dias terríveis, corroído pela angústia da perda. Bob não morreu sozinho, parte das minhas esperanças foi com ele. Se dependesse apenas de mim teria desistido, voltado para casa mais uma vez derrotado.

Meu ânimo ondulava ao ritmo das nevascas. Talvez nem devesse ter vindo, sei lá. Nada mais fazia sentido. Não me reconhecia naquele lugar, um estranho dentro do meu saco de dormir, alguém pintado por engano numa paisagem surrealista. Mas não tive o monopólio da tristeza, o pesar foi amplo.

A partida de Bob deixou a montanha vazia, os alpinistas humilhados, especialmente os franceses, freqüentes interlocutores dele. Mesmo o altivo Marcel Thierry, que nos visitava com freqüência, perguntando isto e aquilo ao Bob, pedindo conselhos e sugestões, recolheu-se. O ambiente estava soturno e deprimente. Os vultos mal se moviam, as sombras das pedras andavam mais rápidas que os sherpas.

Tudo mudou, fomos envolvidos por uma falsa calmaria. Os profissionais, por costume frios, pareciam ausentes, apenas tocavam a vida no que ela tinha de rotineiro. Veteranos de todas as montanhas, homens de diversos cumes, carregavam, para lá e para cá, os olhares vazios. Bob era uma referência, estava acima da inveja. Seus passos não sinalizarão mais as vias menos arriscadas nesta cordilheira. A falta da sua auréola, agora brilhando em outra dimensão, deixará estas nevascas mais escuras.

Os fins de tarde, especialmente, se tornaram insuportáveis. Ao passo que o sol se inclinava, desenhando compridas sombras nas paredes douradas das montanhas, a angústia me envolvia. Quando mergulhávamos na escuridão, na mais total escuridão, a distância da próxima aurora era medida em soluços, um pranto sufocado. Nem caminhar me era possível, as pernas perderam a elasticidade, qualquer passo me doía. Também meu corpo fora golpeado pelos estalidos da geleira.

Nos piores momentos me escondia de Gerd e me punha a chorar, dando vazão à dor e ao desespero. Cheguei ao absurdo de sair pelo acampamento à procura de Bob. Meus olhos, lacrimejantes, cansaram de vasculhar o horizonte na esperança de vê-lo surgir por entre os blocos de gelo.

Procurei Peter, talvez tivesse alguma foto recente de Bob, o garoto tirava retratos de todos. Descobri, para aumentar o desânimo, que ele tinha voltado para a Inglaterra. Pelo que me disseram, havia descido com o rabo entre as pernas, como aquele cachorrinho do Khumbu. Pensei em procurá-lo no meu regresso, na redação do pasquim londrino, e isso me consolou um pouco. Nessas horas, a mente se agarra a qualquer esperança.

Acabrunhado, tinha como amparo apenas os olhares piedosos dos sherpas. Alguns alpinistas menos preparados, expedições de países com pouca tradição no Himalaia, abortaram seus projetos. Retornaram a Katmandu e de lá para casa, abalados com a tragédia.

Uma vez mais, o sonho havia acabado.

Foi o que pensei, mas Gerd não me deixou desistir. Ele me convenceu de que não poderíamos deixar a morte do nosso líder ser em vão. Pela primeira vez o ouvi chamar Bob de "nosso líder". Bob havia nos prometido o cume, e Gerd disse que, em homenagem a ele, deveríamos fazer exatamente isso, chegar ao cume. Não apenas ao cume da montanha, mas ao cume das nossas vidas. Na dor, reconstruiríamos nossos caminhos.

Pela vez primeira me pareceu que Gerd se movia para vencer algo além das encostas do Everest. Para quem nada é sagrado, foi uma grande atitude. Por Bob, ele enfrentaria o Jardineiro na Zona da Morte. Seria um embate de titãs, e eu o acompanharia, nada mais tinha a perder.

Alguns fatos marcantes em nossas vidas delimitam fronteiras, disse Gerd. Quando atingimos esses pontos de não-retorno, só nos resta seguir adiante. Após o desastre com Bob, foi essa crença que nos pôs em marcha, voltar aos acampamentos superiores e continuar a subida. Precisava, mesmo sob tortura, superar minhas vacilações. Partiríamos para a vitória ou para o viscoso toque da morte. Nós nos veríamos no cume, altivos, ou no fundo de algum precipício, submissos. Podíamos tudo, menos desistir.

Uma nova rota foi aberta, a anterior havia desaparecido. Amargurados até os ossos, negociamos com os rudes sherpas, pechinchamos alguns dólares de desconto pelo uso das cordas e escadas, o trabalho deles precisou ser refeito. Estávamos vivos, foi a sensação que resultou da assinatura desse novo contrato.

A via improvisada na Cascata de Gelo era mais perigosa do que a anterior, mas não senti medo. Não havia espaço para novas emoções, apenas a obrigação de seguir a trilha, indiferente a tudo e a todos. Meus passos eram seqüências automatizadas pelo desespero. Meus medos, como meus prazeres, jaziam com Bob nas profundezas do Himalaia. Sentia-me só, e isso era bom: não precisava expor meus sentimentos àquela gente estranha.

A prudência não tinha mais importância para nós, agíamos por inércia. A tragédia nos colocou em movimento, e assim ficamos, subindo ou descendo, até o próximo acampamento, repisando nossos caminhos. A ausência de Bob era terrível, sensação atenuada pela exaustão mental. Procurávamos não pensar, apenas executar as tarefas necessárias para nos manter vivos durante as próximas horas.

Gerd dizia, e tinha razão, aos poucos descobri: avançar melhorava o ânimo, vencíamos por Bob, e por nós. Dávamos uma razão às nossas vidas, agora mais do que nunca. Mesmo que esse sentido se resumisse a vagar pelas bordas escorregadias de estranhos penhascos. Colocar nossas vidas em risco nos aproximava de Bob, aliviava meu padecer.

Por mais extenuados que estivéssemos, precisávamos limpar a barraca, montar o fogareiro, derreter gelo para fazer o chá. Além do corpo, aquecíamos o nosso lado humano. Não éramos bárbaros, não comíamos apenas para manter nossos órgãos vivos. Havia muito não eram nossas pernas que nos mantinham em pé, mas nossas mentes, alimentadas por tão estranho desafio.

Seguimos em frente, subindo pelo Vale Oeste. O tédio das intermináveis caminhadas em ziguezague pelo flanco do Lhotse era o maior inimigo. Minha angústia variava conforme a altitude. Subindo e descendo, andávamos em círculo. Essa monotonia me dobrava o corpo, entorpecia a mente. Vultos me acompanhavam como parte da minha carne.

Mais do que o peso da mochila e os tornozelos afundando na neve, mais do que a possibilidade do mundo falsear sob os pés ou uma montanha de gelo cair sobre a cabeça, era o peso desse vazio que me encurvava. Havia envelhecido sem que os anos tivessem passado. Muito além do próximo abismo, a ameaça vinha da incapacidade em concentrar-me nos perigos camuflados da geleira. Sabia disso, mas não conseguia agir de forma diferente; talvez nem quisesse.

Acampamento após acampamento, uma brisa nostálgica foi soprando, a saudade substituía a dor. Bob já aparecia sorrindo, como era seu costume. Gosto de me perder nessas lembranças alegres, alivia a imagem horrorosa de vê-lo tragado pela montanha. Quanto mais alto, menos oxigênio; mais desbotado fica o passado recente.

Gerd pretende chegar ao cume sem o auxílio de oxigênio artificial, o que não pôde fazer nas vezes anteriores. Guiava expedições comerciais, era responsável por outras pessoas. Clientes: disso você entende. Agora deseja vencer com as próprias forças.

Se eu conseguir chegar no topo sem oxigênio suplementar e voltar com segurança, completando o desafio, certamente ganharei um pouco de respeito de papai. Seja o que for que você faça, deve ser o número um da lista. Lembra? Eu lembro, cada palavra.

Muito discutimos por isso, mas hoje até entendo a posição dele. Há uma grande ansiedade nas famílias abastadas com relação ao futuro dos herdeiros. Alguns pais consideram mais importante que os filhos sejam ricos e famosos do que felizes. Se você tivesse filhos, pensaria da mesma forma, não é fácil escapar da vida normal.

As crianças entram na corrida pelo sucesso muito cedo e ficam sem tempo para uma vida lúdica. Sem sonhos, ficam sem futuro. Com exceção dos sonhos, tudo é passado, e o passado é depressivo. A idéia de uma vida boa foi substituída pela de uma vida a ser invejada, deixando muita gente enfurecida e infeliz, principal causa da enorme quantidade de pessoas vivendo em depressão. Para muitos, é melhor estar doente do que "vivo", assim fogem dos seus conflitos.

Gerd também tinha problemas com o pai, quase não fala dele. Contou, laconicamente, que fora um ex-oficial das SS morto numa cilada, anos após o fim da guerra, por um israelense caçador de nazistas. Um pouco encabulado, disse nunca haver entendido a opção política do velho: era bem criança quando ele morreu.

A retidão ética e moral, herdada da mãe protestante, o coloca em confronto com a história do pai. Disse isso no Kilimanjaro, e mesmo assim rapidamente, como se quisesse espantar uma nuvem sombria. Pareceu um pouco melancólico, mas logo encerrou a conversa, na verdade um monólogo em tom de confissão, precisava prender um espeque solto com a ventania. Atividades mais práticas, como reforçar uma ancoragem, ocupam os maiores espaços em sua mente.

Em outro acampamento admitiu, meio sem querer, mas com certo orgulho, ter herdado do pai a disciplina que tanto elogiávamos. Força física, técnica apurada e disciplina mental inquebrantável, além de um extraordinário controle emocional. Posso imaginá-lo num uniforme militar. Somente a saudade da esposa o deixa inquieto.

Talvez se o casal tivesse um filho a vida dele se tornasse mais suave. Tão logo voltarmos a Katmandu falarei sobre isso, quem sabe o convenço a ser papai. Voltar para casa e ter a quem contar nossas histórias é a melhor parte da aventura, especialmente se temos um admirador atento.

Quando enfrentamos uma situação de risco, nos agarramos nas lembranças das pessoas que amamos, brota uma força extra. Curioso, sei, mas nesses momentos me sinto mais perto de vocês do que nos almoços de domingo. Não se trata de um monólogo, acredite. Desta vez, prometo: esta carta vai chegar.

Preciso dormir, a partir de amanhã enfrentaremos a parte mais difícil da montanha. Tudo dando certo — e vai dar, Bob iluminará o nosso caminho —, regressarei nas próximas semanas. Fique tranqüila, os trechos perigosos ficaram lá embaixo. Deste acampamento para cima os desafios são apenas técnicos.

Beijos do maninho chorão,

Adônis

COLO SUL, ACAMPAMENTO IV

8.000 metros de altitude

MARQUINHO:

Você está fazendo falta nesta expedição. Enfrentamos uma grande tragédia: meu amigo Bob morreu num acidente na Cascata de Gelo. Passei dias horríveis, sua amizade teria me confortado. Precisava desabafar com alguém que falasse português. Minha dor, em seu lado mais sutil, não pode ser manifestada em outra língua.

Esta carta vai suprir, em parte, os diálogos que não tivemos. Estou no Colo Sul, derreto gelo para o chá e um pouco de sopa. Gerd está comigo, atacaremos o cume nesta madrugada. Somos os únicos, os demais desceram com medo do tempo, uns medrosos. Você sabe, as montanhas estão cheias de gente desse tipo. Mas não foi nada fácil chegar até aqui.

Partimos do Acampamento III com grande dificuldade, pés-de-vento gelados sopravam vale acima. Estávamos sozinhos, seres minúsculos vagando pela gigantesca parede oeste do Lhotse, uma rampa extraordinariamente íngreme. Abaixo de nós o precipício ansiava por mortes, pronto para entrar em ação a um simples sinal do Jardineiro.

Chegamos à Franja Amarela, um penhasco misto de gelo e calcário quebradiço encravado na encosta do Lhotse, um dos trechos mais difíceis da escalada. Entramos na Zona da Morte, uma nova dimensão. Espaço e tempo passaram a ter outro sentido, o que sabemos da vida perdeu a utilidade. Seguimos norteados unicamente pelos nossos instintos, liderados pelo faro de Gerd.

Passos curtos, mas decididos, ao encontro do embate final. A partir dessa altitude éramos animais no epicentro da nossa história. A deusa dos sherpas, que habita o cume da montanha, o Jardineiro, cioso dos seus elementos, o caos, que conspira contra tudo e todos, nenhum deles tinha tanto poder quanto nós para conduzir nossos destinos.

Cada saliência de gelo, cada batida seca das piquetas nas paredes empinadas — segundo a segundo pendurávamos nossas vidas nas pontas dos nossos dedos. Nossos nervos, entrelaçados com as nervuras da montanha, fundiam-se num ser esquizofrênico. Ora um, ora outro determinava o ritmo dos nossos batimentos cardíacos.

Nas passagens mais perigosas Gerd crescia. Espantava-me com sua habilidade em superar os obstáculos, cada um deles servia como uma espécie de treinamento para vencer os próximos. Quanto mais difíceis os trechos, mais ele se fundia com a natureza, tirava da montanha a energia para domá-la, como se a incorporasse lentamente.

Não havíamos combinado, mas estava virando rotina: nesses momentos críticos ele tomava a liderança e me guiava com precisão. Ele não apenas me passava a impressão de saber o que deveria ser feito — como fazia. Seus passos eram frutos da sua acurada observação da natureza.

Eu podia ver em seu rosto uma expressão de alegre ferocidade, uma chance de superar-se. Levava-me com ele a esse novo limite que só ele era capaz de abrir, ampliava nossa percepção do mundo real. Não tenho motivos para sentir orgulho, mas se tivesse, seria poder acompanhá-lo neste desafio, vencer com ele cada palmo da montanha. Você adoraria estar aqui, também é bom nesta pista.

Estávamos num ponto mais alto do que eu tinha atingido em minhas tentativas anteriores, tudo era novidade. As dificuldades se multiplicavam, mas algo em mim — não sabia precisar o que — sussurrava-me: eu seria capaz de seguir em frente. Nas últimas horas havia aprendido mais sobre determinação do que em todas as escaladas anteriores. Estava pronto para chegar ao cume do Big E.

Gerd avançou por uma travessia horizontal, guiava para baixo da parte vertical do degrau. Eu vinha logo atrás, sobre um gelo cada vez mais duro, mesclado com rocha amarelada. As pontas dos grampões não fincavam com segurança, a escalada se tornava muito perigosa. Quando ficávamos inteiramente sobre as pedras, a situação era delicada.

Não havia saliências onde pudéssemos nos agarrar, e as botas rígidas, essenciais para manter os pés aquecidos, tiravam a sensibilidade do corpo. Por um espaço de tempo indeterminado esqueci Bob, o vento, as avalanchas e o abismo, para me concentrar exclusivamente nessa maldita rampa.

Meu cuidado era mais forte do que os sentimentos, falava ao meu instinto de preservação. Mãos e pés subiam alternadamente, preocupado em manter sempre três deles em contato com a montanha. Cada novo ponto de apoio era testado antes de desfechar um golpe de piqueta ou tentar cravar a ponta do grampão na próxima posição.

Estávamos presos às cordas fixadas pela expedição nepalesa mas não confiávamos nelas. As condições do gelo poderiam ter se alterado, afrouxado os grampos ou as estacas de neve das suas amarrações. Pelo menos eu não sentia medo, minha cota dessa emoção já havia exaurido. Por fim, vencemos a Franja Amarela. Superávamos, aos poucos, todos os obstáculos que nos separavam do cume.

Com gelo pela canela, esgotados fisicamente e sofrendo com a falta de oxigênio, realizamos uma longa travessia à esquerda do flanco do Lhotse. Seguimos como zumbis em direção ao Esporão de Genebra, um pequeno contraforte formado por xistos esmigalhados. Tudo víamos, tudo sabíamos, mas nada nos garantia que os músculos obedecessem às ordens emanadas do cérebro. Temíamos que mesmo ele parasse de emitir ordens.

Escuros blocos de rocha afloravam numa encosta extremamente inclinada, repleta de neve fofa, acumulada pela ação do vento. Nossas passadas se tornavam cada vez mais curtas, apenas um pé na frente do outro, duas ou três de cada vez, e uma breve parada, recuperar a respiração. Arfando, volta e meia caíamos num bolsão de neve e ficávamos enterrados até a cintura, esforço adicional para retomar a escalada. Vencemos uma etapa muito íngreme e saímos na parte superior do Esporão.

Biko, um guia que nesta temporada se envolvera com uma italiana, estava descendo. O caso deu a maior confusão com os sherpas, na volta conto os detalhes picantes. Ao passar, o sul-africano fez sinal que outros baixavam, devíamos ter cuidado com os deslocamentos de neve. Aproveitamos a parada para um gole de água, curtir a calmaria. O lugar era lindo, mas não me inveje.

O silêncio foi substituído pelo ruído de uma leve brisa rodopiando montanha acima. A ambivalência do clima era a nossa maior inimiga, precisávamos estar atentos. Gerd parou, virou-se e apontou para o céu. Chamava a atenção para uma repentina mudança em sua cor. O azul se aprofundou, a neve me pareceu ficar ainda mais branca, e logo um vento encanou pelo desfiladeiro. Subia pela encosta da montanha e ganhava velocidade com o passar dos minutos.

Devíamos nos apressar. Se uma tempestade se aproximava, melhor chegarmos ao acampamento antes que ela caísse com força. A idéia ficou só na cabeça, a possibilidade de apertarmos o passo nem sequer chegou a ser esboçada. Vinha acostumado a essa sensação: pensava no que deveria fazer, mas não fazia. Apenas prosseguia o que estava fazendo; a muito custo.

Sempre que uma tempestade desabava, o uivo ensurdecedor da ventania soterrava as nossas queixas, uma autocomiseração degradante. Repugnava-me a própria vida. Uma rajada mais forte deslocou a neve solta, um estrondo. Olhei para cima e vi um corpo, deslizava em direção a Gerd. Um alpinista descia do acampamento no Colo Sul. Devia ter perdido o equilíbrio, rolava pelo gelo mais liso.

Alguns sherpas, para ganhar tempo, e confiando em suas extraordinárias habilidades, desprendem-se das cordas e descem por uma linha quase reta. Ignoram redemoinhos, desafiam os ventos turbulentos, menosprezam a vida. Atiram-se rumo aos precipícios sem o menor pudor. Um desgraçado desses desabava em alta velocidade em direção à morte.

E se ele não conseguisse frear a tempo, arrancaria Gerd da montanha e me levaria junto. Eu deveria me desprender da corda para não ser arrastado com eles e cair no penhasco, logo abaixo de nós. Nada consegui fazer, petrificado pelo desespero. Limitei-me a olhar o desenrolar da ação, ansiava pela recuperação do maluco.

Gerd continuou parado, esperava que o homem conseguisse executar o auto-resgate a tempo. Um pequeno deslocamento de neve começou a se formar em torno do sujeito, escorregando cada vez em maior velocidade. Gerd estava no vértice da avalancha, não adiantaria sair da frente, seria colhido mesmo a alguns metros de distância. Fez sinal para me soltar da corda, mas não consegui mover os braços.

Enquanto deslizava, o desconhecido fez um rápido jogo de corpo, rodopiou em torno do próprio eixo e ficou de bruços, dobrando os joelhos. Evitaria que os grampões se cravassem no gelo, travando abruptamente a descida, fazendo-o dar um salto mortal que provavelmente lhe quebraria o pescoço. O alpinista era dos bons, logo percebi.

Estabilizado, levantou a mão direita e golpeou a neve com a machadinha de gelo, tentava cravá-la na superfície inclinada, única forma de frear a descida. Após algumas tentativas infrutíferas, finalmente a piqueta penetrou no gelo e foi rasgando uma fissura montanha abaixo enquanto ele perdia velocidade. Quando ela se soltou, ele voltou a cravá-la, agora de forma definitiva.

O homem ainda desceu alguns metros, parando pouco acima dos pés de Gerd. Quando a cena ficou estática, retomei a respiração. O alpinista se levantou, caminhou até Gerd e os dois começaram a conversar, como se nada tivesse acontecido. Aproximei-me e reconheci Ang Dawa, um dos sherpas mais famosos do Himalaia, guia veterano, amigo e companheiro de Gerd em conquistas memoráveis. Você precisa conhecê-lo.

Muito antes de pisar no Nepal já ouvira falar das proezas desses dois. As cordadas de Gerd e Ang Dawa eram históricas, a melhor equipe de ataque a cumes mal-encarados neste canto do mundo. Força bruta aliada a técnica apurada, determinação assustadora e um amplo desprezo pela vida faziam deles a mais digna esperança de resgate na cordilheira, de cujas garras já haviam tirado muita gente.

Divertem-se nestas falésias, arriscam-se pelo mais puro prazer. Furioso com a imprevidência do sujeito, nem tive o direito de reclamar, ele estava em casa. Gerd me apresentou como seu novo parceiro, e isso foi o suficiente para Ang Dawa me cumprimentar com excessiva deferência, algo que nunca senti por mim mesmo. Se o tivesse encontrado em outras circunstâncias, teria pedido um autógrafo.

Eu me tornara um deles, finalmente. Senti-me parte do seleto clube desses extraordinários seres da montanha, homens capazes de enfrentar o próprio destino. Refeitos do susto, continuamos nosso périplo, Ang Dawa, montanha abaixo; nós, montanha acima. O vento desapareceu, e uma calmaria voltou a envolver o Everest, prenúncio da conquista que se aproximava.

Grande parte das mais altas montanhas do Himalaia aparecia abaixo dos meus doloridos pés. O Nuptse não mais impedia de ver a cordilheira ao sul. Olhando para cima, a cabeça jogada para trás, eu podia ver o altíssimo vértice agudo da pirâmide superior do Big E. Olhando para baixo, lá estava, escorrendo por entre as grandes montanhas, o gigantesco tobogã branco por onde subimos. Um pouco de alento, enfim.

Uma interminável caminhada, e alcançamos o Colo Sul, um desolado platô retangular coberto de rocha e gelo duro entre o Lhotse e o Everest. Com pouco mais de cinqüenta metros de largura, ele cai abruptamente em direção ao Tibete. Quando as tormentas se espremem através desse colo, as rajadas ganham velocidade, às vezes se tornam mais rápidas do que o vento que castiga o cume. Esse furacão varre em direção ao Tibete tudo que não estiver solidamente petrificado. Às lufadas, ameaça nos jogar ao chão a todo instante.

O Himalaia se abre ao leste por todo o lado tibetano. O panorama é extraordinário. Não temos mais a visão obstruída, nossos olhares se estendem pelo infinito azul do horizonte. Abaixo de nós, um mar de nuvens brancas envolve a curvatura da Terra, permitindo emergirem os cumes pontiagudos; ilhotas isoladas no mar aberto. Flocos de nuvens vagam acima da camada branca de vapor. Certos picos mais abruptos, cobertos de gelo, lembram pontas de gigantescos icebergs.

Generoso pintor, o sol do fim da tarde enregelada doura o mundo ao alcance de meus olhos. Depois de tanto sofrimento, merecemos cada segundo desta maravilha. A partir do Colo Sul não vou apenas caminhar sobre a divisa de dois países, mas transgredir minhas próprias fronteiras.

Cara, você precisa ver isso. Aperte o patrocinador, no próximo ano voltamos. Eu quero voltar. Isto aqui é o meu lar. Se pudesse, ficava para sempre. Se não conseguir grana, empresto. Deixa de ser orgulhoso, homem. Pisar nestas montanhas vale qualquer sacrifício.

Encontramos um amontoado de pequenas barracas coloridas perdidas neste fim de mundo, parece um daqueles cartazes de cinema que mostram bizarras cidades futuras em distantes galáxias. Bandeirolas de orações presas nas pontas de mastros improvisados, colocadas pelos sherpas, oscilam ao vento, mantras budistas enviados aos deuses do universo.

Quando chegamos nossas tendas estavam montadas. Pena Tsong não ter ficado para receber os elogios. Encontramos ele na descida. Limitou-se a gritar que aguardaria instruções no acampamento inferior. Falou alguma coisa sobre mudanças no clima, mas não entendemos bem. Exaustos, só queríamos nos enfiar numa barraca.

Armados numa rasa escavação e rodeados por grossos blocos de gelo, os frágeis iglus de náilon são nossa fortaleza polar. Tememos em especial o vento, que baixa a temperatura a muitos graus negativos. Dentro do abrigo, com o fogareiro e o lampião acesos, não está tão frio.

Estou jogado na barraca. Preciso descansar da subida e dar ao organismo tempo para se adaptar à ausência quase total de oxigênio. Minhas mãos estão cheias de calos, a garganta dói, a boca deixou de produzir saliva. As pupilas, dilatadas para enxergar no escuro da barraca, me fazem lacrimejar. Estou aos pedaços, morro aos poucos, mas a vontade de prosseguir continua acesa. Você sabe do que estou falando.

Há no Colo Sul muitas garrafas de oxigênio com o nome dos proprietários. O problema é que depois serão descartadas, lixo perpétuo, abandonadas para sempre no Everest. Alpinistas gostam de dizer que as únicas coisas que se deve deixar nas montanhas são as nossas pegadas e as únicas que se deve levar são as fotografias. A prática é outra.

Se a Humanidade desaparecesse e uma civilização alienígena baixasse na Terra, imaginaria que o Everest tivesse sido, num passado longínquo, alguma divindade a quem os humanos primitivos ofertavam cilindros de aço vazios. Misturados aos *chortens* sherpas, dariam uma idéia dos extremos tecnológicos dos terráqueos.

Marquinho, estamos esperançosos, apesar do sofrimento. Amanhã, na volta do cume, continuarei a carta, contando como foi nossa vitória. Você vai se entusiasmar e no próximo ano dará um jeito de vir junto.

Fragmento do diário de Cláudio Adônis Montenegro

CRISTA SUDESTE DO EVEREST, PLATAFORMA BALCONY
8.412 metros de altitude

Quando cheguei no Colo Sul, encontrei, num dos cantos da minha barraca, duas garrafas de oxigênio escondidas dentro do isolante térmico. Tinha subornado, esta é a triste palavra, um dos carregadores para transportar os cilindros. Arrependera-me, ainda no Acampamento-base, e fizera um pacto comigo: não os levaria no ataque final. Até porque, se Gerd descobrisse, me escorraçaria montanha abaixo. Usarei na volta, mesmo que não precise. Vazios, os cascos ficarão mais leves para carregar na descida.

Custaram uma fortuna, equipamento de última geração. A garrafa é conectada, através de tubo de borracha e regulador, a uma máscara de plástico, do tipo usado por pilotos de aviões de guerra. Quando cheia, pesa três quilos, e armazena 1.300 litros de oxigênio puro, medicinal, comprimidos a 160 atmosferas. Garante oxigênio extra para uma pessoa durante seis horas, praticamente anulando os efeitos da altitude.

Gerd ainda tinha energia, nunca vi nada igual. Ficou caminhando pelos arredores, procurava outras pessoas nas demais barracas. Exceto por uma, estavam vazias. Na única ocupada encontrou Marcel. O francês havia mandado a equipe descer e se preparava para segui-los, preocupado com o clima. Uma expedição russa, a primeira a chegar ao Colo Sul, voltara no dia anterior, com a mesma dúvida.

Para Gerd eles exageravam. Não via nos boletins meteorológicos motivos para suspendermos nossa tentativa de chegar ao cume no dia seguinte, aniversário da memorável conquista de Edmund Hillary e Tenzing Norgay. Muitos alpinistas permaneciam no Everest com o mesmo objetivo, mas apenas nós estávamos aptos a festejar a data no lugar mais apropriado.

As maiores montanhas têm microclimas próprios, de pouco valem as previsões feitas com a ajuda de satélites. As grandes massas, por atraírem uma quantidade enorme de umidade, alteram o clima em seu entorno. Muitas vezes ocorre uma tempestade localizada enquanto o céu brilha nos arredores.

Gerd pediu que eu derretesse gelo enquanto ele controlaria pelo barômetro as quedas da pressão atmosférica. Aliadas ao aumento da temperatura, elas indicam a aproximação de nevascas. Quanto ao vento, não tinha como prever. Naquele momento, estava suportável. A normalidade dos indicadores e um céu espetacularmente azul nos davam grande esperança de nos lançarmos ao ataque durante a noite, prova de que as preocupações de Tsong e Marcel eram infundadas.

Precisava fazer água, trabalho demorado. Fui até uma parte da montanha onde a neve me pareceu mais limpa e passei a desfechar golpes de piqueta contra o glaciar. Acumulei ao meu lado pequenos pedaços de gelo, suficientes para encher a panela de um litro.

A tarefa gelava-me os dedos e me deixava ofegante. Parava a cada minuto, uma pequena mostra do que nos esperava no dia seguinte. Aquecia as mãos dentro das grossas mangas da parca, e só assim voltava a sentir os dedos. Regressei para a barraca tiritando de frio, talvez tivesse me excedido.

Preparei sopa e chá de limão, engolidos com um punhado de bolachas recheadas de chocolate. Cozinhar me enchia de monotonia, o calor gerado pela chama do fogareiro lutava contra uma montanha de gelo. Sentia sono, mas não podia dormir, acabaria incendiando a barraca. Aproveitei para escrever uma carta ao Marquinhos, única tarefa capaz de manter me desperto.

Estressado, me preparei para algumas horas de insônia antes de partirmos para o cume. Inexplicavelmente, dormi um sono profundo e sem sonhos até um pouco depois da meia-noite, quando acordei Gerd, que dormia na barraca ao lado. Estava na hora de iniciarmos o nosso grande dia de glória.

Sentei desajeitadamente. Apenas com os braços para fora do saco de dormir, acendi o lampião e o fogareiro e coloquei um pouco de gelo para derreter, queria um chá bem quente. Tentei limpar o rosto com lencinhos umedecidos, mas, congelados, se esfarelaram na mão. Deixaram-me por certo com aparência de ressaca.

Lembrei-me dos amigos de bebedeira no Brasil, e uma sensação estranha me percorreu o corpo. Como aquele bar estava longínquo no tempo, como eles estavam distantes de mim, dois mundos vivendo em dimensões excludentes. Chamaram-me de louco quando falei que partiria para o Everest, alguns nem acreditaram. A um deles, um jornalista desempregado a quem eu pagava fartas doses de bebida para que me aturasse até a madrugada, prometi enviar uma carta. Por sorte, consegui fazê-lo antes da morte de Bob.

Apesar de termos descansado boa parte da noite, nada havíamos reposto das nossas energias. Nesta altitude, pouco se pode fazer. A solução é deixar a montanha. Antes, porém, precisamos pisar no cume, e o mais rápido possível. Há uma máxima no montanhismo: se estamos nos desgastando e não estamos subindo, algo está errado.

Não temos armas de ataque, apenas equipamentos de defesa contra as intempéries. Estou tranqüilo, superei meu recorde de altitude. O resto será vitória. Até o Cume Sul não há obstáculos intransponíveis. Atingido, já me darei por satisfeito; conheço meus limites.

Saímos no começo da madrugada. Os músculos estavam enrijecidos, mas a alma latejava. Contamos apenas com nossa determinação humana, algo contra o qual, esperamos, o Jardineiro não possa lutar. Se ele não trapacear, teremos uma chance.

Os feixes das luzes emitidas pelas lanternas iluminavam um pequeno retalho de solo branco perdido entre as estrelas. Caminhávamos no espaço, levados por um tapete mágico. A promessa de Bob se concretizava, iríamos até o fim. É tradição considerar vitoriosa uma expedição mesmo quando apenas um dos integrantes chega ao cume. Espero, e muito, que Gerd conclua o desafio em nosso nome.

Chapinhamos na neve por um bom tempo até pararmos para o primeiro gole de chá. Uma nuvem se afastou da lua, e a cordilheira foi banhada por uma incrível luz branca. As estrelas se estendiam até a linha irregular do horizonte, as montanhas se erguiam inquietas para tocá-las com a ponta dos picos mais altos.

O terreno, sem nenhum alarde, foi se inclinando, a neve cada vez mais fofa. Nosso ritmo diminuiu, o cansaço veio rápido. Embora não visse com clareza, caminhávamos por um trecho bastante exposto, profundos abismos negros nos emboscavam pelos dois lados da trilha. Bastariam alguns passos na direção errada para despencarmos, uma queda de milhares de metros de profundidade. Um deslize, e a morte viria. Estranhos sentimentos me envolveram. Tinha as feridas sangrando, ainda abertas, e uma montanha para escalar.

As lanternas apagaram. Falei em trocar as pilhas, mas Gerd lembrou que o sol nasceria logo, poderíamos avançar mais um pouco, a escuridão começava a ceder. O leopardo está em seu ambiente, faz parte da paisagem. Mesmo no lusco-fusco da madrugada, seus passos gingavam conforme a ondulação do gelo, as garras cravadas no chão.

Sob o fio das horas, sobrevivíamos. O ritmo acelerado de nossas vidas, envoltas numa intensidade brilhante, abafa a dor. A tristeza, insuportável no princípio, se dissipa em saudade. Cultivamos as lembranças de Bob com muito carinho. Regada, a florzinha fortalece apesar da pouca fertilidade da terra.

Delicadas fagulhas vindas do Tibete rasgaram o espaço e nos invadiram o corpo com calor e vida, os mais puros raios solares já recebidos. Chegavam diretos, sem interferências de nuvens, fumaça, poluição, poeira; nem oxigênio havia para diminuir a intensidade dessa comunhão. O Chomolungma resplandecia.

Estamos perto do Terceiro Pólo, um formigamento na pele anuncia a proximidade do objetivo. Embora não aviste o cume, posso senti-lo sobre a cabeça, chamando-me para o seu aconchego; sereia de canto mágico, atrai dois marinheiros no lugar mais solitário do mundo. Sobreviveremos? Não estamos amarrados, como Ulisses, nem os ouvidos foram tapados com cera. Queremos ouvir o encanto do chamado, caminhamos deliberadamente ao seu encontro.

A linha do horizonte se afastava, nosso mundo se estendia para muito além da cordilheira. Caindo a cortina do grande palco, os picos foram iluminados por um tom dourado do tênue e frio sol da manhã. Podia avistar algumas oitomil, além de uma infinidade de montanhas mais baixas, nem por isso menos majestosas. As ondulações das suas cristas se estendiam como raiaduras entrelaçadas, os nervos expostos da grande cordilheira, viva, pulsante.

Fazemos parte de um delicado equilíbrio entre razão e força bruta. O Jardim, afinal, em todo o seu esplendor, se desvirginou. Jamais vira algo tão maravilhoso. Estamos cobertos de poder e glória, donos do mundo. Os picos têm as silhuetas refletidas nas lentes dos nossos óculos escuros, aprofundam os penhascos ao redor. O céu está limpo.

Caminhamos sobre a obra máster. As linhas irregulares haviam sido gravadas com requinte e malícia pelo cinzel do artista maior, a serviço da beleza primitiva. Decifrando os significados das gravuras, relevos altos e baixos, aprendemos a interpretar o caráter da montanha. O livro se abre, nos convida a entrar, logo faremos parte da história. Os que vierem depois terão uma página a mais para ler.

Se algum temporal se anuncia, não podemos avistar. As previsões pessimistas não se confirmam, mas não é garantia de tempo bom por muitas horas. O microclima da cordilheira pode mudar a qualquer momento. O roteiro poderá ser reescrito, alterando o enredo final. A despeito da solidez do terreno, pisamos num mundo falso.

A roupa de Gerd, colorida, estava branca. Pingentes de gelo ressequido brotavam da barba e do bigode loiros. Paramos alguns segundos para retomar a respiração e baixar os batimentos cardíacos. Ele moveu os dedos das mãos, dos pés e tocou a ponta do nariz, testava a sensibilidade. Fez um sinal, e repeti o gesto. Estávamos bem, uma grande vitória até ali.

Olhando por onde havíamos subido, podíamos ver as barracas no Colo Sul. Pigmentos coloridos perdidos na grandiosidade branca do altíssimo platô que separa o Tibete do Nepal. Jaziam abandonadas, embora as tivéssemos deixado há poucas horas.

Deveríamos trocar de posição, alternando a dianteira, dividir a tarefa de amassar a neve. Revezaríamos também a possibilidade de o primeiro mergulhar no vazio de alguma greta. Mas Gerd prefere liderar, seu ritmo é mais rápido. Bem mais rápido, talvez demais. Se fosse eu a determinar a velocidade, nos atrasaria. Mas ao segui-lo, consigo acompanhá-lo. As posições estão corretas, Gerd sempre puxa as cordadas, não seria diferente comigo.

Pisávamos ora no Sagarmatha, ora no Chomolungma, sem abandonar o Big E. Caso Bob estivesse conosco entoaria seu mantra

Om mani padme om. Fiquei pensando nisso e mentalmente comecei a recitá-lo. Quando atinei, há um bom tempo o vazio da mente vinha sendo preenchido pela estranha reza. Não havia me tornado budista, mas o ritmo cadenciado da oração distraía.

Om mani padme om
Om mani padme om

Minha principal dificuldade é a mochila. A barraquinha e seus utensílios, carregados por insistência de Gerd para improvisarmos um bivaque, caso necessário, pesa um absurdo. A de Gerd está pior, traz equipamentos para serem testados no cume. Tralhas extras que fazem com que as mochilas dele, inclusive as de ataque, estejam sempre cheias.

O aclive às vezes fica pior. Enfrentamos altos degraus de rocha, os trechos mais difíceis até o momento. O ar transparente confunde as perspectivas, aproxima os longínquos picos. Dá para sentir a aspereza das encostas, o frio da neve. Temos a impressão de poder tocá-los com a ponta da piqueta.

Fazemos parte de uma beleza selvagem, de uma quietude impressionante. Os topos se ostentam imponentes, assumindo uma forma piramidal em respeito à única lei a que são obrigados a obedecer — a lei da gravidade. Seus cumes inquietantes, talhados por acidentes geológicos ao longo das eras, são ásperos e brilhantes.

As rochas camufladas em meio à neve conferem a aparência de gigantescos sorvetes de flocos. Impossível de ser criado um jardim mais belo. Pena que o Jardineiro, a serviço de alguma força mais poderosa, tenha se refugiado tão longe para conceber tamanho encantamento. Talvez imaginasse, e não dá para discordar por completo, que somente assim o manteria a salvo da destruição humana.

Pela metade da manhã alcançamos a Balcony, esta plataforma suspensa no alto do Everest. Estamos parados há alguns minutos junto às paredes rochosas do lado superior, tomando cuidado para não escorregarmos nem deixar nossas mochilas rolarem para a outra borda, a poucos metros, onde inicia o abismo.

Precisamos repor as energias, reidratar o corpo, dar uma folga ao pulmão e ao coração; as batidas vêm no limite máximo. Gerd reclamou da tosse, um sintoma preocupante. A aparência dele está horrível, toda a tensão dos últimos dias pode ser lida em seu rosto. Quando lhe disse isso, deu uma grande risada: a minha está pior.

Não temos espelhos, por sorte. Ver nosso estado deplorável poderia nos pôr a correr. Gerd disse que felizmente a esposa não costumava vê-lo com esta cara desgrenhada, feições desfeitas, os lábios violáceos e a face lívida de um fantasma.

Gerd anota alguns dados para o pessoal da universidade em Frankfurt. Tirar as luvas de uma das mãos para ver o mostrador do pulsímetro, prender o oxímetro no dedo, checar a pressão e conferir a temperatura do corpo é um risco que só ele aceitaria correr. Aproveito para rabiscar estas notas, preservar estes momentos. Não sei quando voltarei a escrever, talvez só no regresso ao Colo Sul.

Conversamos sobre o que temos pela frente, Gerd conhece o caminho. O Cume Sul está logo acima, parece perto. O cume principal está escondido, poucos metros adiante. Entre eles existe o Escalão Hillary, um trecho bem difícil.

Impressiona ver o quanto subimos, saboreio a maior de todas as minhas vitórias. Algo em mim, no entanto, não consegue sufocar um estranho sentimento de medo e aflição. Angustia-me pensar que, mesmo dando certo, precisaremos voltar, refazer o percurso, uma descida e tanto. Onde buscarei forças?

COLO SUL, ACAMPAMENTO IV
8.000 metros de altitude

PREZADA HERTHA:

Escrevo para dividir contigo uma dor que me provoca náusea. Você me compreenderá, faz parte deste mundo, integrou a expedição. Meus amigos foram golpeados com tão brutal impacto que não lhes foi possível absorver a tragédia, o tempo necessário para purgarem os pecados; se é que os tinham. Talvez relatando a forma como reagi consiga me livrar, pelo menos em parte, do sentimento de culpa.

De algum recanto escondido da mente ouço uma voz dizer que não tenho do que me punir, fiz o que deveria ser feito. Mas não consigo transformar isso num consolo, algo em mim se nega a ouvir o lado racional dos acontecimentos. Continuo tão aterrorizado como se tivesse acabado de cortar a maldita corda. Preciso reencontrar a paz, e só você pode me ajudar.

Quero falar da vida de Gerd e de seus últimos dias, vividos da forma mais intensa possível. Não me canso de reverenciar sua natureza correta, capacidade e energia. Quanto maiores os problemas, mais ele brilhava. Permaneceu alegre e indômito até o último momento. Escrevemos, frase a frase, a biografia das nossas vidas nas páginas brancas do Everest. Perdão, mas preciso contar toda a história.

Preparávamo-nos para atacar o cume. Havíamos superado a morte prematura de Bob, as tragédias permaneciam abaixo dos nossos pés. A confiança era boa, o tempo, razoável, a escalada estava sob controle. Apenas algum imprevisto poderia nos deter. Acontecem, sabíamos, mas só os descobrimos quando nos defrontamos com eles. A dor enobrecera nossas almas, estávamos motivados para bancar a aposta.

A partir da Plataforma Balcony decidimos prosseguir encordados, dobrando nosso contato com o chão irregular, estranho predador. Gerd seguia na frente. Amarrados na mesma corda, cada um no seu mundo. Em que ele pensava? Eu não conseguia imaginar.

Caminhávamos com laçadas de corda à mão. Se um caísse, o outro teria tempo suficiente para cravar a piqueta no gelo, ancorando a dupla. Precisávamos manter a corda numa distância segura: nem tão frouxa que pudéssemos pisá-la com nossos grampões afiados, nem tão esticada que um simples resvalão golpeasse o outro, tirando o equilíbrio. Como tememos os pequenos deslizes quando não conhecemos os grandes desastres.

Topamos com uma série de imensos degraus de rocha, uma passagem arriscada; armadilhas dispostas para frear nosso avanço. Gerd guiou a escalada, fixando a corda a intervalos regulares. Após minha subida, recolhemos o precioso instrumento, indispensável para sobreviver no mundo vertical, e continuamos a agonizante marcha.

A calmaria nos passava uma falsa ilusão de segurança. Sabíamos que o Jardineiro nos espreitava de algum ponto, quem sabe disfarçado nos elementos naturais, na pele dos guardiões. Talvez estivéssemos numa altitude tão elevada que, além de nós dois, apenas o mestre conseguisse atingir. A luta final, caso houvesse, seria sem intermediários.

Havíamos chegado longe demais para sermos detidos por forças embrutecidas, seria preciso algo bem maior para nos vencer. Quem sabe o Jardineiro precisasse reportar-se a um juiz absoluto. Seu poder sobre o Jardim não era intocável. Devia mantê-lo em ordem, controlava os guardiões, mas obedecia ao arquiteto primordial. Contávamos com a imparcialidade dessa divindade para que a luta fosse justa, sem blefes nem traições de última hora. Disputávamos, essa era a verdade, a primazia de comandar o Jardim.

Estávamos na Zona da Morte havia muito tempo. Nossas mentes funcionavam parcialmente, os órgãos custavam a obedecer aos comandos emitidos pelo cérebro, cada passo era um grande suplício. Avançávamos meio pé de cada vez. Quando a barriga da corda encostava no chão, Gerd havia parado. Também parava para tomar fôlego, recuperar a respiração. Tão logo a corda se mexesse, eu reiniciava a escalada.

Vínhamos assim havia não sei quantas horas, lentamente ganhando altitude na crista desafiadora. Cada vez mais próximos do Cume Sul. Estávamos a menos de uma centena de metros do cume principal. Volta e meia Gerd parava, virava para trás e fazia um gesto positivo com a mão. Eu não conseguia ver seu rosto, estava coberto pela balaclava, pelos óculos e pela viseira sobre o nariz, no entanto, eu podia sentir o seu largo sorriso.

Estar preso a Gerd na mesma cordada, quase no cume do Big E, era algo impensável até bem pouco tempo. Estava impressionado com minhas recentes conquistas. Embora as passadas fossem automáticas e o fôlego cada vez mais curto, nunca em minha vida chegara tão longe. Nem pensara tão alto. Desfrutava cada centímetro conquistado, extraordinária vitória sobre minhas escaladas anteriores, sobre tudo que já fizera.

Sentia-me também muito longe de casa, da possibilidade de um regresso seguro. Conseguir forças para voltar sobre meu rastro ficava cada vez mais difícil. Cada passada me afastava das pessoas que amava, dos amigos, da cabana. Minhas fotografias, aqueles livros todos — quantos lidos pela metade, alguns nunca lidos. Talvez jamais os fossem. A lareira aquecida, crepitando, um bom copo de vinho... Temia avançar, conscientemente, para uma armadilha sem retorno, vítima da minha necessidade de provar algo para mim mesmo.

A leve aragem que nos acompanhava desde o início da madrugada estava aumentando de intensidade, em alguns momentos se transformava num vento desconfortável. Vinha em rajadas, obrigava-me a redobrar a atenção para não ser jogado ao chão. Os intervalos entre um sopro e outro ficavam cada vez menores, diluíam minhas esperanças de um sucesso próximo.

O frio solapava o ânimo, temia fraquejar diante de tanta dificuldade. Um pouco abaixo, as abruptas encostas, batidas pela ventania, choravam um desarmônico lamento, soluços de tristeza ressoavam fundo em minha agonia. As pedras se desprendiam da parede rochosa e se precipitavam ricocheteando nas bordas afiadas, as batidas estalando dentro do meu cérebro como agulhadas de morte.

A natureza, ferida em seu orgulho, tentava reagir. Fazendo uso de todas as suas forças, ela contra-atacava. Era desanimador. Conseguiríamos? Homens e montanha em estado terminal, moribundos delirando à beira de um colapso. Quem cederia primeiro, nossas mentes ou as cornijas insensíveis do Himalaia? Quem assumiria em definitivo o comando do Jardim?

Desanimava ainda mais a possibilidade de regressar. Embora meu corpo ansiasse por abortarmos a expedição, intimidado pelo medo físico, a mente se agarrava às poucas probabilidades de vitória, acreditando na capacidade de Gerd de nos levar até o cume. Ele era a única pessoa no mundo a quem confiaria a minha vida. Enquanto ele subisse, eu o seguiria.

O vento ficou contínuo. Esparramou a neve solta, nos jogando num nevoeiro embranquecido. Espero que você nunca precise enfrentar uma tormenta como essa num lugar tão desprotegido. Não podíamos parar, congelaríamos. Precisávamos nos manter em movimento, mas a nuvem de cristais levantada pela tempestade nos envolveu de tal forma que não conseguíamos ver ao redor.

O Jardineiro, impotente diante da determinação da nossa marcha, buscava outras formas de nos deter: tentava nos privar dos sentidos. Isolando-nos do ambiente externo, nos jogava nos precipícios das nossas alucinações. Não errávamos; era preciso, então, nos induzir ao erro.

Retroceder não fazia parte do vocabulário de Gerd. Não tínhamos alternativa senão seguir em frente, e foi isso que ele fez, foi isso que fizemos. Conhecíamos as leis do montanhismo, Gerd mais do que eu, não as negligenciaríamos. Eram nossos salvo-condutos, apegávamo-nos a elas sem questionamentos. Hora de agir, não de ficar pensando.

Senti um puxão na ponta da corda, como se tivesse fisgado um grande peixe. Ela correu por entre minha luva, a laçada se desfez, a barriga desapareceu. Parou de esticar com um tranco: um baque seco e um aperto em torno da cintura. Perdi o equilíbrio e caí. Com um enorme esforço me fixei ao solo com a piqueta. Evitei rolar pela encosta, arrastando Gerd comigo. Consegui me firmar, grudado na montanha. Ofegava. À falta de oxigênio somou-se o estresse do susto produzido pelo repentino escorregão.

Fiquei parado, olhando o chão, com as pontas dos grampões e a piqueta cravadas no gelo feito uma aranha agarrada numa pedra escorregadia. Estava bem ancorado, feliz por não estar caindo, mas algo pressionava meu corpo em direção ao precipício. Custei a perceber que minha cadeirinha estava retorcida, os mosquetões, estendidos, e a corda, tensionada em direção a Gerd. Abri bem os olhos, mas não consegui ver meu amigo.

Não sei quanto tempo se passou. Um turbilhão de pensamentos confusos invadiu-me a cabeça. A fadiga muscular e o vazio emocional que havia dias me acompanhavam não me deixaram raciocinar com precisão sobre o que acontecia. Tudo era muito difuso, até a montanha parecia estar ausente. Preocupava-me apenas em manter-me abraçado no gelo, precisava entender o que tinha se passado. Se era mesmo que alguma coisa estava acontecendo. Podia ser apenas uma ilusão, uma fantasia provocada pela exaustão mental. Eu precisava pensar, Hertha. Pensar antes de agir.

Escalava o Everest. Estava me aproximando do Cume Sul quando perdi o equilíbrio e caí. Que idiota. Bem, caí, mas consegui evitar um acidente; não rolara montanha abaixo. Estava parado, deitado de bruços sobre o gelo. As pontas das botas e a piqueta estavam cravadas, proporcionavam boa aderência. Não me machucara, respirava normalmente. Não estava com sede ou frio, a roupa mantinha-me aquecido e protegido.

O problema era a cadeirinha, que apertava a barriga e as coxas. Os mosquetões estavam tensionados, e a corda, esticada, embora não a visse por completo, enterrada na neve. Também não via Gerd. Algo estava errado. Suava, apesar do frio colossal da montanha. Sentia no estômago algo parecido com cólica.

Se tudo estava bem comigo, precisava descobrir o que se passava com Gerd. Lentamente e com muito cuidado, temendo o que poderia descobrir, levantei a cabeça e olhei ao redor. Ergui o dorso, troquei a piqueta de lugar e consegui ficar de joelhos, incomodado apenas pelo desconforto provocado pela cadeirinha pressionando a cintura. Segui a corda com os olhos e comecei a desconfiar do pior: estava esticada em direção à borda do precipício. Gerd deveria estar na outra extremidade, tudo indicava que ela pendia no vazio.

Gritei para Gerd, mas não obtive resposta. Não ouvi nem sequer minha voz, apenas o silêncio. Chamei de novo, bem mais alto, ouvia agora minhas palavras. Foi bom. Chamei novamente.

Queria me ouvir. Ouvir minha voz gritando pelo nome dele me reanimava, dava forças para continuar. Eu estava vivo. Isso, vivo!

Ouvi um ruído, mas não era Gerd. Nem minha voz. Pareceu um estrondo, abafado, como se algo gigantesco se quebrasse no interior da montanha e seus gemidos alcançassem a superfície. Fiquei alerta, esperando. Outro ruído, logo mais um. Um outro, embaixo dos meus pés. O solo escorregou em direção ao abismo, e meu coração disparou. A placa de gelo onde me encontrava estancou quase na beira do precipício. Estava sendo puxado, juntamente com a banquisa, pela corda presa em minha cadeirinha.

Gritei por Gerd, mas ele não respondeu. Por sorte estávamos amarrados, senão ele teria despencado paredão abaixo. Devia ter pisado numa rebarba de gelo, o falso piso quebrara, e ele caiu. Como vínhamos percorrendo a fina crista rochosa, foi tragado pelo precipício. Mas estava seguro, e eu o puxaria.

Ah, claro, puxaria. Por Deus, Hertha, eu faria isso. Meu único medo era que toda a aresta despencasse, levando-nos junto com ela. Se a borda da geleira fraturasse acima da minha posição, nesse caso nada poderíamos fazer, desapareceríamos sem deixar vestígios da nossa passagem pelo Everest.

Passei a piqueta para a mão esquerda, cravei bem firme no gelo e segurei a corda com a mão direita. Respirei fundo, reuni todas as forças e puxei. Um esforço extraordinário. Minhas veias se dilataram, meu corpo estremeceu, senti uma onda de calor. Minhas pernas se retesaram, e uma dor muscular percorreu o braço direito. Senti cólicas terríveis. Mas a corda não subiu um único centímetro. Nada. Gerd devia estar preso em alguma ponta de rocha na lateral da parede.

"Calma", falei em voz alta. Apelava novamente para a lucidez que me restava. Calma. Até aqui, sempre que precisei, e não foram poucas as vezes, os amigos me socorreram. Chegara a oportunidade de retribuir. Há poucos dias Gerd me içara do fundo de uma greta. Agora eu faria o mesmo. Respirei fundo e repeti a tentativa.

Em vão.

Tentei sacudir a corda, mas ela estava presa alguns metros abaixo. Gritei por Gerd. Gritei de novo, mas o único som que ouvi foi o rangido da placa de gelo em que me apoiava. Ela se moveu sobre a superfície da montanha, deslocando-se lentamente em direção ao precipício. Parei. Sempre que puxava a corda, em vez da ponta em que Gerd estava se mover, era a ponta da corda na qual eu estava amarrado que se deslocava para baixo, cada vez mais próxima da borda do penhasco.

Parei de puxar, mas não adiantou. Escorregava mesmo sem puxar a corda. Gerd, na outra extremidade, me sugava para o fundo do abismo. Gritei mais uma vez, mas ele não respondeu. Teria morrido na queda? Era uma hipótese provável. Se o gelo se rompera sob seus pés e ele despencara, poderia ter batido com a cabeça nas rochas ou mesmo em alguma ponta afiada de gelo.

Se estivesse vivo, teria respondido, nossa distância se limitava a apenas alguns metros. Caso não conseguisse falar, poderia, pelo menos, ter sacudido a corda, avisado. A primeira regra é dar sinal de vida, estimular o socorro. Gerd, melhor do que ninguém, sabia disso. Ele sabia. Eu estava confuso, muito confuso.

O que teria feito Bob numa situação dessas? A resposta veio imediata: Bob faria o que precisava ser feito. Gerd, o que faria? Você que o conhecia tão bem? O que ele faria? Eu sabia, você sabia. Gerd faria o que tinha que ser feito. Confrontados com uma situação adversa, ele e Bob saberiam tomar a decisão correta. E eu, faria o que precisava ser feito? Faria ou morreria com ele? Meu Deus, como me são caras as decisões. Estou sempre sendo forçado a tomá-las. Não, eu não desapontaria Bob, não deixaria que ele tivesse morrido em vão. Foi isso que Gerd me ensinou. Também não desapontaria Gerd, não abortaria nossa missão. Sim, eu faria o que tinha que ser feito. Talvez fosse meu último ato neste mundo, mas eu faria. Por Deus, eu faria. Enfrentaria a realidade por mais adversa que fosse. Aprendi com Bob, aprendi com Gerd. Oh, Hertha, precisava me iludir com a idéia de estar fazendo o que esperavam que eu fizesse. Ondas de pânico me percorriam o corpo, cada vez mais intensas, ao passo que se aproximava o momento de fazer o que precisava ser feito.

Precisava fazer sem pensar. Se pensasse, não faria. Melhor: precisava pensar como Bob, como Gerd. Precisava da lucidez deles. Por que eles sempre faziam o que precisava ser feito? Porque na hora não pensavam. Antes de sair de casa, eles pensavam e decidiam o que fazer diante desta ou daquela circunstância. Esperavam que eu também fizesse quando chegasse a minha vez. Esperavam, sim, Hertha. Sempre esperavam, para eles algum dia eu seria um deles, alguém capaz de fazer o correto, por mais difícil que fosse. Não os desapontaria, não me trouxeram até aqui para isso.

Quando a placa de gelo chegou a poucos centímetros da borda do paredão, gritei novamente por Gerd. Em resposta ao silêncio ressonando pela montanha, peguei no bolso lateral da parca o canivete que trazia para devolver a Bob quando chegássemos ao cume. Aproximei a lâmina da corda presa em minha cadeirinha... Precisava cortar. Fiquei com o gesto no ar, incapaz de agir. Tremia, e não era de frio, o suor escorria sob minhas roupas.

Foi terrível. Titubeei alguns segundos, assustado. Minhas pernas tremiam, minhas mãos tremiam, a montanha tremia. Não tinha coragem, não conseguiria. Eu não conseguiria! Que Bob e Gerd me perdoassem, eu não era capaz de fazer as coisas da forma como eles fariam. O silêncio era total, absoluto. Não ouvia nem as batidas aceleradas do meu coração nem minha respiração. Estava desajustado por dentro e temia nunca mais voltar a me recompor. Não conseguiria, Hertha! Não, pelo amor de Deus! Isso não.

Encostei a lâmina na corda e tentei pressioná-la contra o náilon. Minhas forças não eram suficientes para fazer o que precisava ser feito. Eu era incapaz, maldito seja! Sempre fui incapaz de fazer o que era preciso fazer, foi por isso que Helena me abandonou. Foi por isso! Quando Bob morreu, fui incapaz de sair da frente. Quando Ang Dawa caiu em direção a Gerd, fui incapaz de mover-me para fora do raio da avalancha. Não morri porque Deus não quis, só por isso.

O chão tremeu. A banquisa escorregou e perdi o equilíbrio, firmando com o canivete sobre a corda estirada. Pressionei a lâmina com força e a corda se rompeu num tiro seco! Parei de deslizar. Ao mesmo tempo que recobrei o equilíbrio e descobri, com grande alívio, haver interrompido minha queda para a morte, senti a corda mergulhar no vazio e ouvi, agora sim, estarrecido, um grito emitido por Gerd. Um grito arrepiante que ainda soa nos meus ouvidos. A cruel realidade se fez viva: Gerd já não estava mais entre nós. Para ele, o encanto da vida havia acabado; o mundo deixara de existir.

Nas minhas mãos, nestas mãos trêmulas. A cada segundo o mundo acaba para alguém, desta vez tinha sido para Gerd. O Jardineiro estava nos levando, um a um, engolidos sem misericórdia, nos soterrava em suas entranhas infernais. Ali, impávido, contando apenas com traiçoeiras armadilhas, acumulava cadáveres em sua fome insaciável, alimentava-se das nossas inquietações.

O que Gerd pensou nos segundos que antecederam o baque no chão, centenas de metros abaixo, antes de o corpo se estatelar nas rochas do flanco do Everest? Teve lucidez para se dar conta de que eu havia feito o que ele me ensinara? Teve tempo de me perdoar? E você, vai me perdoar? Eu vou me perdoar? Não, eu nunca vou me perdoar por ter matado meu amigo Gerd. Precisava salvá-lo, não matá-lo!

Havia falhado. As têmporas latejavam. Na única vez em que precisou de mim, falhei. Falhei. Se estávamos na mesma cordada, presos um ao outro, era por segurança. Alpinistas se prendem na mesma corda para um dar segurança ao outro, só por isso. Segurança, nada mais. Segurança. Nem para isso fui capaz. Se ele não dependesse da minha segurança não estaríamos unidos por uma corda. Eu estava vivo. Nossos destinos estavam amarrados, não poderíamos sobreviver de forma isolada. Eu o traí. Eu estava vivo, covardemente vivo. Gerd estava morto.

Um peso estranho me vergou o corpo. Dobrei-me sobre os joelhos, enfiei a cabeça na neve e vomitei. Dor miserável. Meu coração acelerado amorteceu. Fui me encolhendo até me enrolar numa posição fetal, procurava abrigo num útero que não mais existia. O ambiente cresceu, as montanhas ficaram mais altas, os vales mais profundos, o céu me parecia mais distante. Os cristais cintilantes de gelo me cegaram os olhos, seguiu-se uma terrível dor de cabeça.

Passei por momentos de profunda alteração de consciência, minha sensibilidade se ampliava além do compreensível. Meu espírito, essa etérea essência da vida, se desprendia do corpo. Pairava alguns metros acima, me olhava a distância, dando-se conta de quão pequeno eu era, um minúsculo ponto colorido abandonado no infinito do universo. Uma enorme onda de tristeza começou a me envolver, senti-me absolutamente sozinho. A ponta da minha corda pendia no vazio, eu não estava mais ligado a ninguém.

Estava sozinho. Não aquela solidão mental, observada quando estamos em meio a uma multidão de estranhos. Era uma solidão verdadeira, física. Se tivesse forças para estender a mão, poderia apalpá-la. Estava muito longe, senti-me abandonado. Estava com medo, Hertha, muito medo. A terra parecia rodopiar ao meu redor, eu mergulhava num buraco negro sem fim.

Imaginei-me avançar alguns centímetros, tateando a neve. Rolar para a borda do precipício e me juntar a Gerd no fundo do abismo. Seria um vôo rápido, indolor, não precisaria nem abrir os olhos, e tudo acabaria. Como seria bom pôr um fim ao medo que me atormentava, acordar desse pesadelo. A danação eterna não seria pior. Fiquei apenas na imaginação. Mesmo no auge do desespero, não tive coragem para me suicidar. Estava preso no purgatório.

Tentei gritar, dar vazão à revolta que me consumia, mas nada saiu da minha garganta. Ouvi apenas um uivo surdo de dor. Queria praguejar, xingar, vociferar, lançar minha raiva pelas encostas geladas do Himalaia, mas nem um simples grunhido fui capaz de emitir. Foi para isso que cheguei até esse momento? Só para cortar a corda e jogar Gerd no precipício, Hertha? Seja quem fosse que estivesse jogando com as nossas vidas, era um jogador habilidoso e sórdido. Onde estava Deus? Onde estava Buda? Onde estavam as divindades do mundo? Por que eu? Que mal fizera para merecer tão grande dor?

Não sei quanto tempo permaneci nesse estado cataléptico. Não saberia dizer se foram cinco minutos ou cinco horas, talvez cinco anos, ou quem sabe uma vida inteira. Não importa, o tempo não fazia mais sentido. O meu pequeno mundo, aquele que eu conhecia, havia ficado perdido no passado distante. Nas últimas semanas eu vivia em uma nova dimensão em que cada minuto correspondia a dias, cada hora, a semanas. Um dia era maior do que um ano no mundo que eu havia deixado para trás.

Nesta montanha eu não era o predador, mas a presa tentando sobreviver. Estava acuado, não seria capaz de rosnar. Minha alma purgava, a mente não conseguia me arrancar dessa letargia. Morreria de inanição se não fizesse algo. Mas o que poderia fazer? O frio externo e a dor interna haviam arrancado toda a minha capacidade de reação. Movimentei a cabeça, balancei o pescoço, sacudi meu dorso, mexi os braços e as pernas, parecia um urso se coçando na neve para se livrar dos parasitas. Ah, eu era o parasita!

Consegui mover-me. Sentado, encolhi as pernas, abracei os joelhos e chorei, compulsivamente, mas incapaz de produzir uma só lágrima. Fiquei longo tempo olhando as botas, sem vontade de levantar. Permaneci assim, num limbo viscoso, me adaptava àquele novo mundo. Receava olhar para baixo e ver o corpo de Gerd estraçalhado em algum promontório perto da borda do precipício. Impossível, a parede era negativa, mas eu temia essa visão.

Uma voz, muito tênue, surgia lá do fundo e tentava emergir, apesar de todas as minhas forças agirem para sufocá-la. Ela ficava lá, bailando. Esperava o menor descuido para se infiltrar em meus pensamentos e saltar do seu covil, jogando-me na cara uma palavra tão dolorosa que mesmo ela ficava constrangida em gritar. Expulsava-a, mas ela voltava mais forte e ao menor descuido me acusava. Negava-me a ouvir. Afastava essa maldita voz, mas tão logo me distraía em meu pesar, ela voltava para gritar: Assassino!

Pedi a Deus para mover a montanha, dar continuidade ao deslizamento e me jogar no abismo, ato que não tinha coragem de executar. Mas nada. Embora estivesse na borda do penhasco, a placa de gelo estava firme. Deus me colocara à beira do inferno, mas se negava a concluir o trabalho sujo. Estaria me testando?

As recordações começam a ficar difusas. Um pouco mais tarde peguei o rádio no bolso interno da parca e chamei o Acampamento-base. Após um pequeno rebuliço, falei com Jean Pierre.

Em poucos segundos, ele me colocou em contato com Marcel Thierry, alpinista mais experiente. Falei que Gerd se acidentara, contei rapidamente o ocorrido. O francês pediu para eu descer até o acampamento no Colo Sul, o que fiz em poucas horas.

Hertha, escrevo de dentro da barraca. Aquecido, hidratado e respirando oxigênio artificial. Fisicamente estou bem, o pior já passou. Mas a dor me corrói o coração. Marcel me disse pelo rádio que o acidente justifica minha descida. Ele deseja que amanhã eu baixe para o Acampamento-base, todos entenderão minha desistência. Todos, menos eu. Enfrentar a montanha é mais fácil do que encarar a realidade. Além disso, voltar para onde?

Esteja onde estiver, estarei acorrentado ao peso da minha tragédia pessoal. Fora do mundo alpino, minha história não convencerá ninguém. Como explicar às pessoas: olha, eu cortei a corda em que meu amigo se prendia e o joguei para o fundo do abismo, salvando a minha pele? Hertha, nem eu consigo acreditar que tenha feito isso! Como alguém pode ser tão covarde?

Ninguém cortaria uma corda assim, deveriam existir outras formas de agir. Ele salvou-se, claro, à custa da morte do outro. Exatamente do parceiro que o salvara tantas vezes. Você conseguiria caminhar pelas ruas da cidade com as pessoas dizendo: olha, foi aquele ali que cortou a corda? Ninguém me perdoaria, talvez nem você.

Não, Hertha, eu agora, mais do que nunca, preciso chegar ao cume desta maldita montanha. Em algum momento deverei encarar a verdade, então que seja agora. Estou decidido a continuar subindo, pois se trata de uma questão pessoal entre mim e meu desafio.

Não posso fazer sozinho o que não faria se estivesse na companhia de outras pessoas, seria um desrespeito a mim próprio. Meus filhos não merecem um pai assim. Estou encurralado, e só há uma saída: para cima! Preciso dar o melhor de mim, resgatar a minha dignidade. Talvez não seja o suficiente, mas isso é secundário. Importa não desistir. Se eu cheguei até este ponto, nada me impedirá de pisar no Topo do Mundo.

Por Bob, por Gerd.

Farei por Gerd o que ele tentou fazer por Bob. Farei por eles, agora a missão é minha. Farei por mim, pelos meus filhos! Meu pai verá, todos verão. Pelo menos uma vez, uma vezinha que seja, eu vencerei a arrogância desses semideuses.

Por Deus, Hertha, não tenho alternativa senão continuar montanha acima. Espero que você compreenda a minha atitude. Desculpe.

Meu abraço dolorido,

Cláudio

CUME DO EVEREST
8.850 metros de altitude

MEU PAI:

Talvez o senhor estranhe este relato, nunca tivemos intimidade que justifique eu compartilhar contigo estas últimas horas. Minha vinda para o Nepal não teve sua aprovação, mas acabo de descobrir: nunca é tarde para estabelecermos uma cumplicidade com alguém que se ama, mesmo que jamais se tenha dito isso. Nem ouvido.

Após as mortes de Bob e Gerd, meus dois companheiros de escalada, decidi chegar sozinho ao cume do Everest. Sei, essa não é uma empreitada para mim, nem para muitos, mas, por uma estranha seqüência de acontecimentos, foi o que aconteceu. Seu filho, eu mesmo, resolvera escalar em solitário a montanha mais alta do planeta.

Na madrugada seguinte ao acidente com Gerd deixei o acampamento no Colo Sul decidido a pôr um fim nesta maldição. O descanso fora breve, poucas horas, nem sequer havia desarrumado a mochila, em que coloquei uma garrafa de oxigênio. Constrangido, prometi a Bob e a Gerd que só a usaria em caso de acidente.

Pelo rádio chamei um amigo francês no Acampamento-base e disse que estava a caminho do cume. Ele tentou me dissuadir, mas eu estava resolvido. Entorpecido, mas resoluto, movido mais por raiva e culpa do que por qualquer outro sentimento.

Num último ato, misto de coragem e desespero, joguei fora o rádio, o relógio e o altímetro — já não precisava de referências. Havia desistido de ser prudente. Agora éramos apenas eu, o Chomolungma e sua deusa maldita. Bob e Gerd mereciam a minha vitória, estavam comigo, faríamos o cume.

A situação era terrível, mas eu não desistiria, o senhor pode acreditar. Tão logo o dia clareou, apliquei uma injeção especial, eu precisava de força extra para continuar. Senti alívio imediato, o desconforto em minha cabeça desapareceu, os inchaços se foram; fui tomado de intensa euforia. Estava disposto a conseguir meu objetivo, não importava o preço. Vencer, meu pai, se tornara uma questão de honra.

A neve afundava até os joelhos, congelando o pouco de calor trazido pelo sol. As pernas batiam uma na outra, o gelo quebrava como grossas placas de isopor, provocando uma estranha sensação de insegurança. Eu avançava mecanicamente, seguindo uma alucinação.

Alpinistas de alta performance não retrocedem quando nada mais há para fazer a não ser prosseguir a escalada. Sempre, até acabar a montanha. Agora eu era um deles, provara poucos dias atrás. Ang Dawa sabia, eu também podia seguir em frente sem mais nada sentir, guiado apenas pelo meu instinto.

Meus dedos começavam a congelar, precisava resolver esse problema. Com os dentes, saquei o cobre-luvas da mão esquerda e, com ele pendurado em meu punho, enfiei a mão, ainda com a luva térmica, por dentro da parca, e a coloquei debaixo da axila. Pressionei os dedos e comecei a sentir a dor provocada pelo sangue voltando a circular. As punhaladas de calor reanimaram meus dedos. Repeti a operação com a outra mão e obtive o mesmo sucesso.

Passei pelo local onde Gerd sofrera o acidente, mas nada vi de anormal. Aquela parte da montanha devia estar coberta por cordas fixas, possibilitando uma escalada mais segura. Por ser o primeiro a pisar nesse terreno na temporada, nada havia para me auxiliar nos íngremes serrilhados da parte superior da crista sudeste. Contava apenas com minha habilidade.

Estava vivendo com tanta intensidade nestas últimas horas, que a perda de Gerd parecia ter ocorrido havia muito tempo. Ganhando altitude, eu me aproximava do cume. O vazio no meu coração se enchia de esperança, novas forças surgiam a cada momento. Meus parceiros estavam comigo, eu sentia.

Expondo-me cada vez mais aos perigos, as lembranças das pessoas ficavam para trás, chuviscos se dissolvendo em meio a um passado sem contornos definidos. Minha realidade era outra, e longe de todos: tinha um grande desafio pela frente e precisava superá-lo em solitário. Em solitário sempre foi uma expressão apavorante, da qual procurava fugir. Finalmente me encontrara com ela; e justo no Everest.

Passadas doloridas me levavam em direção ao topo. Lentas, mas precisas. Parei um instante e fiquei olhando ao redor, me sentia observado. Nada vendo, pus-me a caminho do cume.

Parecia haver alguém às minhas costas, às vezes ouvia os passos. Era uma sensação estranha, mas logo ficou de lado, precisava me concentrar na trilha.

Volta e meia encontrava, à flor-da-neve, pedaços de cordas esgarçadas, restos das expedições do ano anterior. Prender-me a essas amarras seria mais perigoso do que andar solto, a falsa sensação de segurança dispersaria minha concentração. Por mais que sentisse a presença de alguém, não teria a quem recorrer caso o pé falseasse e eu despencasse. Gerd, mesmo auxiliado por mim, caiu.

O tempo corria lentamente. Onde eu estava, tempo e distância ganham outra dimensão, convém desconfiar da claridade da atmosfera, ela falseia as lonjuras. Não devia pensar na montanha, apenas caminhar, um passo depois do outro, intercalados por rápidas paradas. Necessitava recuperar o fôlego. Precisava ter paciência para seguir em frente. Vivia um momento importante. Tinha um único objetivo, e a firme certeza de que a cada passada, por miúda que fosse, estava mais próximo dele. Subir, subir, subir; era tudo que eu tinha em mente.

Havia aprendido com Bob: não se escala uma montanha com as pernas, mas com a cabeça. Assim procedia. Pé esquerdo na frente do direito, parada para respirar; pé direito na frente do esquerdo, parada para respirar. A passada diminuía, o tempo parado aumentava, mas eu continuava, um pé depois do outro... Parava... Um pé depois do outro...

Vagarosamente ganhava altitude. Subia consciente, cada movimento sob controle. Nenhum dos códigos do montanhismo estava sendo negligenciado, minha precisão era total. Fazia uma escalada metódica e controlada; eu estava no comando. A sensação de euforia era maravilhosa, poucas vezes na vida me senti tão confiante na minha capacidade de fazer algo. Pena Gerd não estar comigo para testemunhar minha técnica tão apurada, ele aprovaria cada passo.

Pensamentos amargos estavam sendo substituídos por um bem-estar físico. Nada estimula mais do que as pequenas vitórias, especialmente se forem sobre nossos limites. Passei a sentir uma sensação de invencibilidade que nunca havia experimentado. Somos o centro do nosso pequeno universo, estava provando isso.

Nada pude fazer para salvar Bob, a violência foi grave demais para que alguém conseguisse freá-la. O destino jogou pesado, só não sabia que Bob era imortal. Enganou-se ao acreditar que o impediria de subir prendendo o corpo dele no gelo. A matéria jazia lá embaixo, descartada, mas a essência, o Bob que realmente importava, havia subido antes de todos nós. Livre da prisão material, seu espírito planava sem dor acima dos picos mais altos, muito além do poder do Jardineiro. Sentia-o comigo montanha acima, interferia sempre que eu fraquejava.

Om mani padme om
Om mani padme om

Subi por um bom tempo num ângulo íngreme através da aresta coberta de neve compacta. Movido pelas últimas forças encontradas no fundo da minha solidão, cheguei ao Cume Sul. Com uma queda impressionante em direção ao Tibete, de um lado, e outra em direção ao Nepal, do outro lado, trata-se do ponto de onde muitos escaladores retornam.

Faltavam poucos metros verticais para tudo acabar, o que deveria acontecer em algumas horas, devido ao meu ritmo extremamente lento. Gerd nunca mais voltará ao Cume Sul. Pior: nunca mais escalará uma montanha. Saber que ele não terá mais esse prazer me entristecia. As montanhas sem Gerd estariam despidas do seu maior charme.

Meu amigo fará falta, e muita, neste mundo tão especial. Tudo ficará desbotado. Fará falta a Hertha muito mais, eu sei. Não tive culpa. Cortar a corda fazia parte do código da montanha. Ele se foi, partiu como sempre imaginou. As montanhas ficaram, e sem Gerd. As montanhas ficaram sem Gerd. O Himalaia ficou com Gerd. Tal sensação me comovia mais do que a morte dele, já tão distante. Fiquei um pouco constrangido com esses sentimentos, mas era o que sentia. Nossas vidas foram muito diferentes. Se por um lado ele fará falta, não creio que alguém se lembrará de mim na próxima temporada.

Precisava espantar esses pensamentos, a melancolia não tinha mais espaço no céu himalaio. A cada passo, embora mais próximo do cume, as chances de vitória se reduziam. O que acabaria primeiro, minhas forças ou a montanha? Balbuciei algumas palavras, queria ouvir minha voz. Para meu espanto, não consegui entender o significado do que dissera.

Teria sido eu mesmo? Alguém mais falara? Haveria outra pessoa na montanha? Acho que não, claro que não, apenas Bob estava comigo. Olhei demoradamente para todos os lados; olhei para cima, olhei para baixo: nada. Continuei, Bob ao meu lado. Tínhamos preocupações mais importantes. Ah, isso tínhamos mesmo.

Om mani padme om
Om mani padme om

Hora de parar, respirar. Aspirar, expirar. Tomar pé da situação. Respirar lentamente, oxigenar o cérebro, desacelerar o coração.

Apoiado na piqueta, olhei para baixo, conferia o ganho de altitude. Havia muito tinha perdido o interesse pelas belezas da montanha. O Jardim era belo, sem dúvida, mas já não o desfrutava. As cornijas, os promontórios, os picos e os colos estavam em harmonia, pétalas minuciosamente dispostas, mas isso nada mais significava. Minha vida mergulhara na luta pela sobrevivência imediata.

Era incapaz de pensar em algo que não fosse o próximo passo, mesmo sabendo que a cada centímetro avançado mais perto chegava do fim. Situação absurda, mas eu queria desesperadamente chegar ao ponto final, estava determinado a continuar até onde a natureza impusesse seus limites definitivos.

Os limites de Gerd estavam na ponta da corda, mas onde estariam os meus? Por que a banquisa não me jogara com ele no abismo? Todos se foram, um a um, me deixando sozinho. Eles bem sabiam o quanto eu temia ficar sozinho. Foram-se, os meus parceiros.

Hora de parar, respirar. Aspirar, expirar. Tomar pé da situação. Respirar lentamente, oxigenar o cérebro.

Reiniciei a subida pela afilada crista entre os dois cumes. A trilha consistia em gelo, neve e xistos fragmentados, e a única forma de atravessá-la era com passos curtos, me escorando na piqueta. Ouvia as rochas lascarem sob minhas botas, despencavam no vazio. Tremores percorriam meu corpo, mas não podia parar. Pernas de chumbo, um pé depois do outro, subia penosamente. Sempre subindo, e isso era a única coisa que realmente interessava.

Tinha à frente, a poucos metros, o Escalão Hillary, último obstáculo antes do cume. Em condições normais, escalá-lo seria fácil. Mas nessa altitude, quase sem oxigênio, desidratado, congelado, desnutrido e mentalmente abatido pela perda dos amigos, a tarefa me parecia quase impossível. Talvez fosse ali o ponto final da viagem.

Mas não. Bob estava comigo, precisava dos meus sentidos para tatear a glória desse momento. Ele estava comigo. De onde eu tirara essa técnica? De onde tirara essa capacidade de superação? Essa sutileza capaz de me libertar das emoções negativas e ser conduzido exclusivamente pelo poder da mente? A possibilidade da morte, tão concreta, não me embruteceu.

Quem mais, além de Bob, poderia estar me iluminando com tal intensidade, capaz de superar as minhas fraquezas e ofuscar o próprio Jardineiro? Bob, o iluminado, estava no comando. Seu poder era maior do que Gerd. Gerd se fora, Bob evoluíra. Seria mesmo Bob, como maldiziam seus detratores, uns invejosos, a reencarnação moderna do príncipe Sidharta? Acreditava que sim, claro que sim; um Bodisatva me guiava.

Om mani padme om
Om mani padme om

Hora de parar, respirar. Aspirar, expirar. Tomar pé da situação. Respirar lentamente. Precisava oxigenar o cérebro.

Mais encurvado que nunca segui, cambaleando como se fosse cair... mas não caía. Um pouco mais adiante podia sentir a presença do cume principal. A sensação de que em breve atingiria meu objetivo começou a provocar modificações profundas em meu organismo, não me reconhecia mais dentro desta roupa espalhafatosa. Comecei a sentir fome, uma vontade enorme de comer figos em calda com creme de leite.

A barriga estava gelada, o coração, acelerado, a respiração, ofegante; minha energia triplicava. Uma força quente subia pelas veias: as altas descargas de adrenalina produzidas pelo medo e pela tensão criavam um efeito de intenso êxtase.

Passei a viver momentos conflitantes, alternados entre a vontade de que tudo terminasse e meu sofrimento acabasse, e a doce sensação de estar chegando ao cume do Everest. Ora um, ora outro tomavam conta da minha mente, me deixavam um pouco alheio, como se outros seres estivessem, nesse momento, discutindo sobre o meu destino imediato. Sentia-me confuso; afinal, quem estava no comando do meu corpo?

Om mani padme om
Om mani padme om

Ah, meu pai, sentado na cabeceira da mesa, reunião do Conselho, sereno diante das grandes decisões. O senhor me arrancou do torpor, me trouxe de volta à realidade. Devolveu-me o equilíbrio de que tanto precisava para continuar até o fim. Sentia-o comigo, confiante. Dosava energias, vontades e emoções, canalizando-as diretamente numa escalada segura, sem cair nos abismos da minha inconsistência psicológica das últimas horas. Parecia ouvi-lo dizer que no fim tudo daria certo. Não que as dificuldades fossem demasiadas, papai, mas dada a minha fragilidade física, qualquer obstáculo se tornava uma ameaça.

Cheguei ao pé do Escalão Hillary, o trecho mais técnico de toda a escalada, um dos desafios mais famosos do alpinismo. A princípio, seus poucos metros de gelo e rocha quase verticais me pareceram inatingíveis. Se Bob ou Gerd estivesse comigo, guiando a escalada, me sentiria mais confiante, eles eram bons nisso. Mas eu estava sozinho.

Bob desistira muito cedo. A indiferença dele em morrer ou sobreviver não levava em consideração os parceiros. Ele se fora, sozinho. Abandonando-me, fiquei desamparado. Gerd corria muitos riscos desnecessários. Queria chegar ao cume sem oxigênio, preocupava-se somente com isso, uma marca a ser atingida. Forçara uma escalada de alto risco.

Santo Deus!, papai, eu estava realmente sozinho.

Com os olhos fixados apenas nos movimentos de meus pés e dedos, movido por um sentimento de total desprezo ao perigo, avancei em direção à crista superior do escalão. Nem foi tão difícil. Vencido, me atirei ao chão, precisava descansar um pouco, beber o que restava de chá e comer as últimas amêndoas.

Estava a poucos metros do topo, sem obstáculos pela frente, nada me deteria. Chegar ao cume era apenas uma questão de tempo, nada mais.

Aprendi com o senhor, meu pai, que nunca desiste. Também sou capaz de tais proezas, viu só? Talvez tenha demorado um pouco mais do que o senhor esperava, mas consegui. Finalmente estamos unidos, papai, e pela vitória. Um gole de água em nossa homenagem!

Por Deus!, meu pai, se o senhor tivesse visto a forma como superei tão grandes obstáculos — talvez até se orgulhasse de mim!

Adônis

CUME DO EVEREST

8.850 metros de altitude

TELMINHA:

Mais uma vez estou no lugar certo, e de novo na hora errada. Devia tê-la procurado antes, não é? Tentei — várias vezes —, mas nunca tive coragem. Soube que se formou, casou, tem filhos e um bom marido. Fico feliz com isso, por você. Nosso amor não tinha futuro, sempre soubemos disso, paixões juvenis são como chuvas passageiras que escorrem pelos valos.

Quero que saiba, e por isso escrevo: você foi a única pessoa que acreditou em mim, mesmo quando eu titubeava diante dos desafios. Sempre disse que meus passos cambaleavam, mas não o suficiente para me deter a marcha. Você tinha razão, e só agora concordo. Por isso, quero dividir contigo esta última caminhada. Só você poderá entendê-la. Eu estava para chegar ao topo do Everest. Difícil de acreditar? Alguém precisa acreditar em mim, e essa pessoa só pode ser você.

Encontrava-me prestes a pisar no cume, mas a um preço extraordinário, maior do que todo o sofrimento que você experimentou, e, que eu imagino, foi grande. Alguns sobrevivem fisicamente, embora morra o espírito. Outros morrem fisicamente, mas o espírito sobrevive. É assim, agora eu sei, creia-me. É assim, aos poucos.

Àquela altura, o cansaço me fazia ansiar pelo fim. Os movimentos ficavam incontroláveis, atingia meu limite. Para cada passo avançado, precisava parar, respirar três ou quatro vezes. Passara as últimas horas tão concentrado no metro de montanha à minha frente, que não lembrara de olhar para a linha do horizonte. Nos vales do lado sul, nuvens espessas encobriam quase todos os picos menores. Os chumaços de vapor d'água eram coroas de robustos cúmulos-nimbo, prenúncios de tempestade. O tempo mudava, uma perspectiva aterradora envolvia a montanha.

Fazendo um último esforço, reiniciei a subida, eu estava na crista do topo, acima das nuvens. O desejo de continuar me dava uma força que não sabia que tinha, ocultava minhas fraquezas. Ganhando altitude, me corrompia pelo êxito. Cada passada aliciava minha vontade de seguir em frente, alheio ao perigo. Sentia-me num estado febril, quase hipnótico.

Faltava pouco para chegar ao fim quando as nuvens rodopiaram. Perdi as referências, as imagens se fundiram. Céu e montanha estavam sobrepostos, o horizonte desaparecera, nada mais estava em seu lugar. Fiquei de bruços, sem poder respirar. Não queria morrer assim, tão humilhado, mas não conseguia reagir. A situação era desalentadora, precisava admitir. Fui vítima da minha presunção. Caso tivesse desistido e voltado, não sofreria tanto. Gerd me induzira ao erro, me dera uma confiança que não se justificava. Ang Dawa, com aquele falso sorriso, devia estar me ridicularizando.

Senti o ar se esvair, me levando a um tremor involuntário. O horror foi tão grande que, num gesto compulsivo, meu peito vibrou. A cabeça saltou da neve por um instante, o suficiente para respirar. Virei o rosto de lado e fiquei assim, ofegante, inalando ar e neve. Disse um palavrão, e ele ressoou nos meus ouvidos. Fiquei encabulado, mas notei que me fazia bem. O ar gelado percorreu meus pulmões. Queimava como se eu estivesse aspirando algum ácido. A dor me fez levantar, pondo-me de pé e reiniciando a caminhada, com a certeza de atingir o topo. Logo pisaria no cume. Havia deixado meus resíduos adolescentes soterrados na neve fofa do Big E. Cada passada me aproximava daquela pessoa que sempre desejei ser, o homem que você dizia que eu era. A maldição havia acabado.

Ou quase.

Alguns passos, e novamente desmoronei, um baque surdo. Mesmo Bob, que nas últimas horas me ajudava, pareceu me abandonar. Gerd era o líder, onde estava ele? Já teria atingido o cume? Por que não esperara? Devia voltar, precisávamos dele. Os guias sempre ajudam os clientes. Eu não podia continuar assim, sozinho, estava muito fraco. Doía-me o corpo, as pernas, a barriga, os braços, a cabeça. Tanto esforço em vão, o cume tão distante... como das vezes anteriores. Parecia esnobar as nossas necessidades de alcançá-lo, só nos provocava dor. Precisava de Bob, com ele eu podia contar. Vamos, me dizia Bob; levante, eu me dizia. Era bom ouvir a minha voz.

Vamos!

Não fique parado, não pode, você sabe, Bob gritava comigo. Firmei as mãos e os joelhos no chão, arqueei as costas e fiquei de quatro. Avancei um pouco e desabei, não conseguia manter o corpo afastado da neve. Quantas vidas perdidas. Onde estaria minha câmera fotográfica? Devia organizar minhas fotos, a cabana estava repleta delas. As prateleiras, o chão, os armários, tantas fotos. Precisava tirar mais uma, a última. Mas para que manter o corpo afastado da neve, eu era todo neve. Neve pode se mover. O vento, quando soprava no lado de fora da cabana, varria a neve, você precisava ver. Você nunca viu a minha cabana. A neve está sempre em movimento. Estamos a pouca distância da torre de alumínio sinalizando o cume. Não é tão difícil assim, podemos vencer.

Vencer, mas a que preço? Chegar ao topo rastejando? Não, gritou Bob. Rastejar, nunca! Vencer, sim, e bem, rastejar não é coisa de homem, do homem que agora você é, gritou Gerd. Sei disso, Gerd, sei disso. Pensei que você tivesse morrido. Não queria cortar a corda. Você conseguiu. Não se contentou em ludibriar o Jardineiro, deu um pontapé no infeliz. Isso bem que ele mereceu.

Filho-da-puta!

Minha voz me despertava. Tenho honra, muita honra. Vou chegar de pé. Levantei, amparei-me em Bob e cambaleei em direção ao cume. Já não me pesava mais a possibilidade da derrota, eu estava leve. Bob me ajudava, aplainando o caminho. Havia um raio de luz à minha frente, bastava segui-lo.

Ao pisarmos no topo do Jardim, caí de joelho. Bob permaneceu em pé, me olhava. Como fizera quando conquistamos nossa primeira montanha. Gerd gargalhava. Debochado. Subira pela corda. Que malandro. Nós subimos pela montanha, fazendo voltas, ele subiu direto pela corda. À minha frente havia um pequeno marco, ainda não o tinha notado. Bob, que já estivera no cume outras vezes, apontou o fim da minha viagem.

Eu estava no cume do Everest!

Não resisti a uma gargalhada de puro deboche. Depois outra, e outras mais: minha voz ecoou pela cordilheira — eu havia chegado ao cume do Big E! Isso me bastava, justifica minha vida. Fiz tudo que precisava fazer. Um beijo em você, que sempre acreditou em mim.

Claudinho

CUME DO EVEREST
8.850 metros de altitude

MAMÃE:

Sentado no cume desta montanha, refeito da exaustão, ao me dar conta de que não conseguiria descer, tive uma crise. Chorei, curvado sobre os joelhos, desesperado com a situação. Mas a agonia passou, agora me sinto em paz. Difícil explicar, e mais difícil entender, mas não estou revoltado. Abdico da vida, não dos sonhos; jamais os trairei.

Encontro-me aquecido e confortável na barraca. Uma ampola de *dex* me deu forças para montar este bivaque. Descobri, em algum lugar na mochila, um cilindro de oxigênio. Poderia tê-lo usado antes, o massacre teria sido menor, mas esqueci dele completamente. Na máscara de oxigênio, repousei um pouco, creio ter cochilado. Derreti gelo e preparei uma térmica de chá. A caneca está quente em minhas mãos, a bebida me fortalece e me anima, sinto novamente o sangue nas veias.

Enfurnado no saco de dormir, deitado de bruços sobre o isolante térmico, apenas a cabeça e as mãos estão para fora. Rabisco alguns bilhetes no meu diário, presto contas para algumas pessoas. A história dessa corda não morrerá comigo, espero que a senhora me perdoe. Algumas amarras, quando desfeitas, dilaceram mais o coração de quem as cortou. O código da montanha é cruel para os dois lados.

Estou partindo, e isso acrescentará um golpe em sua vida, uma dor a mais a se juntar a todas as que já se abateram sobre a senhora. Morro em paz com o mundo e comigo — e sem medo algum. Morro orgulhoso da minha jornada. Sou o resultado de tudo que me aconteceu, e isso foi grandioso, me fez maior do que Deus me criou. Acrescentei algo à Criação original. Finalmente me considero digno de ser amado.

Os riscos assumidos nunca me pareceram excessivos. Talvez a senhora não concorde, mas estou convicto disso. Por Bob nada pude fazer. Quanto a Gerd, só os iniciados no montanhismo vão entender. Nossos planos foram adequados, e ninguém poderia prever a intensidade dos acidentes que desabaram sobre a expedição. Sinto apenas que a sorte não me tenha favorecido, pois cada detalhe do meu equipamento está em perfeita ordem. Também não cometi nenhum erro técnico, a minha grande insegurança.

Ter sorte é estar em harmonia com a realidade, mas não tínhamos como prever toda a realidade em que estávamos imersos. Por tudo isso não posso considerar esta missão um fracasso, e, sim, uma vitória. Pelos menos uma vitória pessoal, sobre as minhas limitações. Sinto-me um homem mais forte do que no início da escalada. Tenho consciência de que consegui, apesar do altíssimo preço, romper as barreiras do possível.

Quero que se lembre de que deixo o aconchego do seu lar fazendo o que mais gosto, um privilégio de poucas pessoas. Este é um momento divino, e quero compartilhar com a senhora. Por isso decidi não capitular — e preciso que a senhora entenda minha decisão — mas, sim, lutar até o fim para chegar ao cume. Nesta batalha encontrarei uma morte indolor. Necessito da sua compreensão, mais um milagre como aqueles que a senhora fazia quando conseguia curar os meus dodóis com um simples beijinho.

Partirei sonhando, dentro do meu saco de dormir. Como se estivesse no seu colo ouvindo uma canção de ninar. Voarei sem sofrer dor alguma, lembrando quando puxava pela barra do avental para me contar uma história de fadas. Fecharei os olhos, sentirei suas mãos acariciando meus cachos e ouvirei sua voz se afastar aos poucos, cada vez mais baixinha, até eu adormecer envolto pela penumbra do quarto.

Devolvo a Deus meu espírito, ele saberá dispor dele da melhor forma. Por favor, não chore. Pense sempre em mim com alegria. Estarei perto, e isso me deixará feliz.

Um beijo do seu anjinho sapeca,

Adônis

CUME DO EVEREST
8.850 metros de altitude

HELENA, MINHA QUERIDA:

Se você está lendo este diário, devo estar morto. Vivo, jamais teria humildade para admitir meus erros e coragem para cobrar as suas atitudes. Vivo, nunca seria capaz de lhe entregar esta carta; morto, sei que ela chegará até você. Ninguém desrespeita a última vontade de um homem à beira da morte, muito menos nesta terra de honra.

Sofri queimaduras físicas, minha pele está coberta de bolhas, algumas supurando. Tive alucinações, desmaiei algumas vezes, voltei a mim com o rosto cravado na neve. Vaguei por dimensões estranhas, compartilhando sentimentos e emoções impossíveis de serem classificadas. Se existem outros mundos, perambulei por todos em busca da energia que me manteve em movimento.

Muitas vezes, só a lembrança de pessoas poderosas, como você e meu pai, mantiveram-me lúcido, se assim posso classificar minhas últimas horas. Por algum motivo inexplicável, nos momentos mais dramáticos, Bob se juntou a mim nesta empreitada sobrenatural. Até Gerd me ajudou. Agora, estou sereno e conformado.

Descobri que a minha felicidade depende única e exclusivamente de estar em harmonia com minhas convicções. Aceito-me como sou, a felicidade está no meu coração, onde quer que eu esteja, e seguirá comigo, para onde quer que eu vá, porque para algum lugar eu irei, agora creio. Sinto saudades de algumas pessoas, de você.

Nada mais tenho a perder, revejo nossas vidas com sinceridade. Não precisarei encarar ninguém no futuro, acabaram-se as concessões. Certos lírios, arrancados das hastes e antes de murcharem, exalam o mais forte dos perfumes, já não precisam mais preservá-los para atrair os pássaros.

Finalmente adquiri capacidade para lidar comigo. Os sons cristalinos do Himalaia me trouxeram à realidade, mostraram-me os caminhos. Minha vida foi apenas uma preparação para este momento. Curto, mas denso o suficiente para compensar os anos de desperdício, quando joguei ao vento uma vida plena de vigor. A clareza dos meus pensamentos me liberta, aos poucos entro num mundo superior.

Orgulho-me de ter conquistado algo até então impossível: escolhi onde, quando e como vou morrer. Não conheço maior poder, nem fim mais belo para uma vida como a minha. Você precisa ver esta jornada por esse lado. Sem piedade, mas com afeto e compaixão. Não poderia fazer algo que viesse a me causar arrependimento, não suportaria outro fiasco, andar em círculos, levando para lá e para cá meu sofrimento. Preciso suportar minha parte com paciência e resignação, sem lamentos que só me fariam abater o ânimo.

Curo minha alma de todas as tristezas que lhe causei. Quando ela se libertar do meu corpo e se elevar no éter, serei imortal, adquirirei a virtude divina, a natureza de Deus. Já estou vendo as coisas de forma mais clara. Cortar a corda foi um ato de coragem, qualquer grande alpinista teria feito o mesmo, Gerd, especialmente. Eu fiz. Agi como um verdadeiro homem das montanhas. Amadores teriam morrido. Eu segui o código, consegui pô-lo em prática no momento mais crucial da minha vida.

Estou mudando meu olhar. Aqui do alto, despido das máscaras, tudo parece mais simples. Como fomos incapazes de perceber tantas coisas. Pétalas esparsas ao vento definham e morrem isoladas, sem a menor chance de se reagruparem. Com minha morte um pouco de você também vai morrer nesta noite.

Os casamentos começam a ruir quando um dos membros passa a tirar vantagens das fraquezas do outro. Nunca conseguimos controlar os nossos egos, nem mesmo em prol da nossa união. Fomos cúmplices silenciosos da sua morte. Deixamos a vida correr sem interferir nas circunstâncias desfavoráveis que nos cercaram, na falta de sorte enfrentada pelo nosso amor.

Amores precisam ser egoístas, viver o próprio destino, contra tudo e contra todos. Cúmplices, não apenas parceiros. Soubemos ser um casal, mas não conseguimos ser amantes. Não soubemos nos unir no egoísmo do nosso amor, ao mesmo tempo que fomos egoístas um com o outro para admitir nossas fraquezas, as pequenas traições diárias.

A partir de uma certa época, perdi a ilusão de conhecê-la profundamente, me contentava em navegar na sua superfície, amá-la em silêncio. Até me sentir à deriva, compreender que não existe amor sem troca, como qualquer amante logo percebe. Isso aconteceu bem mais tarde, claro, quando nossa cama se tornou acanhada e fria.

Provavelmente você vivesse a mesma desilusão, não sei; nem saberei. Nem você talvez saiba. Nessas crises você me afastava, depois implorava minha volta. No começo dava certo, o fogo reacendia, mas a chama ficava cada vez mais tênue, a ventania soprava sempre mais forte.

Muitas vezes pensei, e agora faço isso de forma definitiva, porque sem preocupações futuras, quando cometemos o erro capaz de separar duas pessoas que tanto se amavam? Sei, não foi apenas um erro, mas uma sucessão de erros. Em que momento aquelas duas pessoas que se conheceram em Nova York, no dia da morte de John Lennon, desapareceram?

Talvez o grande problema seja não ter havido esse momento específico. Veio disfarçado em pequenas doses, gotas de tédio que foram se acumulando e destruíram tudo que tínhamos construído. Sem percebermos, caímos na armadilha. Não conseguimos entender, e por isso não soubemos administrar as contradições do nosso casamento.

Podemos salvar nossa família, pelo menos. Crie nossos filhos ao ar livre e em contato com a natureza, se você puder. Faça deles pessoas cheias de vigor, saudáveis o suficiente para lutarem pelos seus sonhos. Por favor, não os deixe morrer pelo ócio, eles são a única parte de mim que sobreviverá à minha morte.

Para você, dedico o meu diário. Devolva a Karen o canivete de Bob, um presente para o filho deles que está para nascer. Faça isso, sim? Bob não poderá entregá-lo pessoalmente, contamos com você. Nunca nos sentimos tão fracos, um grande vazio nos enche o peito.

Vou precisar de todas as minhas energias para sobreviver com alguma lucidez durante as próximas horas e morrer com dignidade. Aos poucos o frio ganha terreno, me devora e me insensibiliza. Meus equipamentos de cozinha, o fogareiro e a térmica, jazem abandonados num canto da barraca, não servem mais. A garrafa de oxigênio, que me deu as últimas forças, está vazia.

Quando a água quente acabou, passei a comer neve, mas ela não é suficiente para matar a sede, muito menos me aquecer. A língua inchou, está grudada no céu da boca, nem mover consigo. No momento sou uma oferenda ao futuro, e em breve entrarei na Zona do Silêncio, o que vocês vão chamar de passado. Amargo, no começo; aos poucos ficando suportável — até se transformar em saudade.

Ainda guardo na memória nossos primeiros beijos, mas as brigas me parecem tão longe... tivemos elas mesmo? Eu ainda te amo, e sempre te amarei. Algumas imagens, soltas, me envolvem, bailam ao meu redor como se estivesse acontecendo novamente. A nossa primeira noite. Cada detalhe, cada suspiro.

Se tivesse sobrevivido, teria histórias a contar a respeito da bravura, resistência e coragem dos meus companheiros, e elas tocariam o coração de vocês. Peça aos amigos para não lamentarem minha partida, a pessoa que eles conheciam sobrevive apenas no imaginário deles, já não existe. Mesmo se por um milagre eu voltasse para casa, não estaria mais com eles.

Diga que parto em paz. Deixo as lembranças das nossas amizades, despedidas são assim mesmo, eles devem compreender, podem embarcar tranqüilos. Há um estranho ruído de trens a distância, ouço o rugido das rodas deslizando sobre os trilhos de aço, deve passar alguma linha pelas redondezas, a estação não fica longe.

O vento está amainando, a tempestade passa. Os contornos ao meu redor esmaecem. Ora vejo tudo nítido, ora tudo se apaga, levo algum tempo para retomar o raciocínio. Minha exasperação mental se torna cada vez mais visível, apenas as lamparinas continuam acesas, mas o querosene deve estar terminando, a luz fica muito fraca, quase não consigo escrever. O frio está me levando. Estou cansado, um cansaço sonolento... Preciso resistir ao sono.

Não consigo ler o que escrevo. Desculpe a letra feia. Você deve entender, está frio aqui dentro. Os momentos de concentração se tornam menores, não distingo as cores. Preciso de um esforço supremo, uma dose enorme de persistência para encontrar as palavras que melhor expressem as coisas que desejo escrever. Há uma música ao longe, parece violino, vai ver que é mesmo, toca desde cedo. Adoro violino, você sabe. Foi você quem o mandou aqui? Pode ser, você tudo pode, sempre pôde. Mas por que escolheu uma música tão triste?

Escrevo há horas, embora não lembre exatamente sobre o que escrevi. Talvez nada disso tenha sentido, apenas mais trabalho em vão, como sempre, mas eu precisava registrar o que ocorreu nestas semanas. Quem sabe alguém possa se interessar? Lá fora está muito frio, é impossível sair da cabana, não passaria da porta. Cabana bem-feita esta, resiste bem. Sempre disse ao Juvenal: precisamos construir uma cabana resistente ao Minuano. Os trens devem ter chegado ao destino, o homem do violino parou de tocar. Não quero dormir, Bob precisa manter-me acordado.

Tudo está oscilando. O saco de dormir congela, está coberto por uma crosta de gelo, mas não estou com frio. As sombras estão cada vez mais compridas, pessoas sussurram ao meu redor. Louca por escapulir, minha consciência tremeluz, vela se apagando ao vento. Meus tormentos não me angustiam mais. Há muito não sinto medo, e agora também não sinto dor nem fadiga, apenas esse gosto doce na boca. Ah, figos em calda com creme de leite. Minha mãe está na cabana, me estende a sobremesa. Minha mãe, somente ela para subir até aqui, neste frio, com uma lata de doce. Do escuro ela não tem medo, nunca teve, e me ensinou a não ter, também não tenho. Mas ela não gosta de frio, nem eu, por isso ela nunca nos visitou na cabana. Mas não me deixaria sem o doce. Ela coloca três figos no pote. Três, como sempre, três figos inteiros. Gosto de completar o pote com calda de figo e creme de leite. Misturo bem a calda e o leite, formo uma pasta agridoce. Vou partindo os figos com a colher e como misturados com a calda, divido com nossos filhos, eles brincam, você ralha. Vejo-me invadido por uma serenidade entorpecente, o ar me leva pela mão. Estou atingindo um estado de embriaguez, as coisas se desmaterializam ao meu redor, um nevoeiro de luz invade a cabana, Bob e Gerd estão aqui, logo você também estará comigo, todo mundo, estamos chegando em casa, a neve parou de cair o vento se foi o sol brilha como brilha você brilha Gerd não pára com suas gargalhadas Bob não pode se concentrar nos mantras o lápis é uma pena mas não creio que possa continuar escrevendo agora preciso descansar eu te am

POST SCRIPTUM

NEPAL, KATMANDU
1.300 metros de altitude

SENHORA MONTENEGRO:

Meu nome é Marcel Thierry. Encontrei o corpo do seu marido — que Deus o tenha! — no cume do Everest. Foi um fato extraordinário ele ter conseguido chegar lá com aquele clima terrível, um dos piores temporais que já castigou o Himalaia. Tentamos organizar uma expedição de resgate, mas não passamos do primeiro acampamento. Só uma semana depois conseguimos vencer a montanha, quando o clima amainou e alguns membros da nossa expedição, entre eles Jean Pierre, puderam alcançar o cume.

Ao saber do ocorrido com o teimoso alemão, tentei demover Montenegro de continuar a escalada. O tempo virava, logo o Himalaia estaria sob uma tempestade monstruosa. Seria impossível chegar ao cume e descer com segurança para as barracas no Colo Sul. Infelizmente, perdi o contato, as baterias do rádio devem ter acabado.

As possibilidades de sobrevivência estavam próximas a zero. Há alguns anos Babu Sherpa, um fantástico alpinista nepalês, pernoitou no cume e voltou para testemunhar o feito, o único ser humano a conseguir tal façanha na história do alpinismo. Mas ele era um sherpa, escalou o Everest doze vezes e havia subido com esse propósito. Tinha uma barraca construída para enfrentar o frio noturno, e as condições para descer na manhã seguinte eram ótimas. Apesar da sua magnífica habilidade, poucos anos depois Babu morreu ao cair numa greta enquanto tirava fotos perto do acampamento.

Seu marido conhecia a história de Babu e, portanto, sabia que a montanha não perdoa nenhum erro, nem mesmo de quem, como o sherpa, já a tivesse escalado tantas vezes. Por isso, cremos que Montenegro decidiu deliberadamente correr os riscos necessários para atingir o seu objetivo. Teria suas razões, isso é o que importa.

Sejam quais forem, ele conseguiu. Conseguiu subir sozinho, ainda dolorido pela morte de Bob. Eram muito amigos. Foi uma prova da sua extraordinária determinação, vontade de aço raramente encontrada entre os alpinistas que perambulam por estas encostas. Não há no mundo lugar mais adequado para um homem pôr-se à prova, e Montenegro o fez conscientemente. Perdoe-me, sei que não lhe servirá de consolo, mas pela nossa ótica ele venceu. Derrotou o maior inimigo de todo homem: suas próprias limitações.

O alpinismo é um esporte praticado por homens e mulheres obstinados, pessoas que não costumam abandonar seus objetivos com facilidade, e seu marido pertencia à mais nobre estirpe. Mostrou que diante de tamanha perseverança não há obstáculo que resista. A coragem e capacidade de Montenegro de sobreviver às adversidades nos enchem de orgulho por termos desfrutado da companhia dele, mesmo por breves dias, no Everest.

Seu marido nos ensinou que ao tomarmos nossas decisões precisamos estar absolutamente convictos e determinados a colocá-las em prática. Essa atitude vale também para o dia-a-dia de todos. Precisamos saber o que queremos. Talvez essa seja a maior lição a ser tirada deste esporte. Essas três palavras precisam ser ressaltadas e não devem sair da mente de quem deseje conquistar algo na vida. Precisamos estar convictos do que queremos e determinados a pôr em prática as decisões tomadas. Montenegro personificou a essência da nossa filosofia.

Uma grande onda de sentimentos contraditórios percorreu o Acampamento-base naquela semana: tristes, porque sabíamos que ele não conseguiria voltar para casa; orgulhosos, por ele ter demonstrado a todos nós a fantástica capacidade de superação do ser humano.

Encontramos o corpo no saco de dormir, junto a uma pequena saliência, semi-encoberto pela neve. A tormenta deve ter arrancado a barraca do chão e a jogado alguns metros para baixo. A válvula da garrafa de oxigênio estava aberta ao máximo, suas últimas horas foram confortáveis e lúcidas. Montenegro era um alpinista experiente, sabia que não teria socorro. Decidiu encurtar o tempo de agonia. Mesmo assim, não desistiu, manteve a mente ocupada até o último momento. Quando o ar terminou, deve ter desmaiado em seguida. Morreu dormindo. A expressão em seu rosto era de serenidade.

Ele tinha numa das mãos este diário, em que agora acrescento esta pequena nota. Na outra mão, também sem a luva — deve tê-la tirado para escrever as últimas linhas, embora soubesse que isso lhe seria fatal — havia uma foto de uma mulher muito bonita, deve ser a senhora, o seu nome está escrito no verso.

Descobrimos também um pequeno bilhete, em inglês, onde ele pede que entreguemos o diário, a piqueta e o canivete para o representante comercial do Brasil em Katmandu. Graças a essa providência, este material deverá chegar às suas mãos, juntamente com os demais pertences. Tsong coordenará os trâmites burocráticos junto ao governo nepalês para os documentos oficiais da morte dele lhe serem encaminhados, bem como providenciará o envio das coisas do alemão para a Europa.

Jean Pierre fez questão de enterrá-lo no cume: ambos haviam se tornado amigos. Não é normal que se faça isso, o desgaste provocado pelo esforço pode ser fatal ao alpinista, ele precisa de muita energia para descer. Jean Pierre ignorou essa regra, correu o risco de morrer. Felizmente deu tudo certo, e agora somos gratos ao belga pela atitude um pouco imatura.

Montenegro repousa no mais nobre altar que um montanhista pode desejar. O topo do mais alto obelisco da Terra lhe servirá de mausoléu, um lugar digno da sua enorme capacidade de vencer obstáculos. Ele foi um bravo, sua façanha sobreviverá ao tempo, e ele em breve se transformará numa lenda, símbolo a ser perseguido por todos os jovens de caráter tão iluminado quanto o dele. No fim desta temporada, dois sherpas subiram até o cume para levar-lhe algumas oferendas.

Desculpe-nos, nada pudemos fazer pelo seu marido. Afinal foi ele, com sua tenacidade, que fez algo por nós, ensinando até que ponto podemos avançar na realização dos nossos objetivos. Montenegro nos mostrou como transformar sonhos em realidade.

Minhas condolências,

Marcel Thierry

EPÍLOGO

"Eu também te amo", balbucia Helena, as lágrimas borrando a visão. O choro escorre pelas faces, e ela sente na boca o gosto salgado do amor. Um misto de culpa e nostalgia embota a mente, falta ar. Acaricia a última página do diário. Coloca-o de volta no porta-jóias, levanta e deposita a caixinha sobre o parapeito da lareira. Não há mais fogo, nem brasas, apenas cinzas geladas. Mas não importa.

O dia clareia.

Ao fechar as cortinas da janela ela pára, alertada pelo clarão de um raio. Espera o ribombar do trovão, mas o som da natureza não vem. Em vez do estrondo, ouve um estalido seco. O vidro se rompe em mil pedaços e espalha seus cacos pelo interior da sala mal iluminada.

Sente uma picada na face murcha. Passa a mão no rosto e nota o sangue nos dedos. Um sinal, talvez o sinal que estava esperando. Havia chegado a hora, precisava colocar um fim na sua angústia, acabar com o remorso. Viver o que lhe restava de vida, se possível tão intensamente como ele viveu os últimos dias. Era o que Adônis faria, ele que conseguira fazer o que precisava ser feito.

Uma semana depois Helena está no Nepal. Monta uma expedição para levá-la ao panteão em que estão os marcos dos alpinistas mortos no Everest, um pouco acima de Dugla, a quase cinco mil metros de altitude, no coração do Himalaia. Encontra Tsong em Katmandu, conforme o combinado, e o guia providencia tudo para o projeto realizado às pressas.

A árdua e exaustiva jornada, até havia pouco impensável, é vencida com certa facilidade; uma pequena surpresa para Tsong, uma grande surpresa para ela. Não apenas o temido vôo até Lukla, também a longa caminhada para Dugla.

Orientados por Helena, os sherpas cravam uma delicada cruz ao lado dos *chortens* dedicados aos outros alpinistas, símbolo cristão em meio aos monumentos budistas himalaios, uma ruptura na estética religiosa local. Diferentemente dos mantras esculpidos nos relicários de pedra, Helena manda pregar na cruz uma placa de pinho, madeira retirada do sítio do casal, gravada a ferro.

"A memória do meu sofrimento perdurará, e o espetáculo da tua morte e de tuas lamentações, meu Adônis, será anualmente renovado. Teu sangue será mudado numa flor; esse consolo ninguém poderá me negar."

Ela pede que os sherpas se afastem. Ao se ver sozinha, consegue chorar. Chora profundamente, soluça uma última prece naquele local. Ao fim da oração, espalha ao redor algumas sementes de anêmona, para que ali nasça uma flor cor de sangue, como a da romã. No começo de cada primavera ela será a primeira a ter os botões abertos pelo vento. Transformará a esterilidade daquele chão num belo jardim, embora por pouco tempo: o mesmo vento que lhe abrirá os botões arrancará e dispersará as pétalas.

A flor-do-vento, nome pela qual ela a conhece — ele é tanto a causa de seu nascimento como a de sua morte —, tem vida curta, porém de grande intensidade. Mesmo desfolhada, seu perfume sobrevive por longo tempo. Sua beleza desequilibra o ambiente, justificando o esforço da natureza em germiná-la.

O grande Jardim himalaio ganha outra espécie, uma nova flor acrescentada à Criação original. Caberá ao velho Jardineiro, reassumindo o comando dos seus canteiros — a ordem primitiva fora restabelecida —, zelar por aquelas sementes, protegê-las das ervas daninhas que toda temporada pisoteiam, maculam e profanam este canto do paraíso.

Helena contempla os vales nevados que se estendem cordilheira abaixo, vira-se calmamente e lança um último olhar em direção ao Everest.

Este livro foi composto na tipologia ITC Stone Serif,
em corpo 10,5/17,2, e impresso em papel off-white 90g/m²
pelo Sistema Cameron da Distribuidora Record
de Serviços de Imprensa S. A.